# わが芸当

―笑うホームレスの旅日記―

岡本ジュンイチ
OKAMOTO Junichi

文芸社

# 目次

# 第一章　最低な後輩

このソファーは、めちゃくちゃ最高に、座り心地がいい……。

さすがは売れっ子芸人だ。

僕とは違って、先輩は持っているものが全然違う。

テカテカに光る黒い革製のソファーを見つめながら、僕はそのことを痛感した。

同じ鎌田興行の人間であるのに、一方はソファーの上でゴロゴロしていて、もう一方は

テレビで引っ張りだこの状態。

こんな格差社会が、この世に存在するのだろうか。

いや、確かに存在しているのだ。

でなければ、なんで芸人であるこの僕が、こうして先輩のソファーの上で寝そべっているのだろうか。

これは明らかに、この日本社会における最大の格差が生み出した、とんでもない社会の闇だ。

「ウルセェわ、ボケ！」

テレビ画面から聞こえてくる、先輩の声。
ドッと起こる観客の笑い声。
先輩たちの漫才は、相変わらずキレがいい。
さすがは天才漫才コンビ、「めちゃくちゃキング」だ。
その名前の通り、めちゃくちゃ王者っぷりを発揮している。
舞台照明に照らされている先輩たち二人の姿が、妙に神々しく感じた。

僕はポテトチップを口にしながら、思い切り笑い転げてしまう。

そしてそのおかげで、口の中の噛みかけのポテトチップが、喉の奥、気道の方に行ってしまった。そして、僕はひどく咽せてしまった。

その咳き込みを止めようと、僕は白いテーブルの上に置かれているオレンジジュースを手に取った。

そしてそのオレンジジュースのおかげで、やっと僕の食道が整理されたのだった。

（ハァ〜、死ぬかと思った……）

僕がそう安堵のため息をついた、その矢先だった。


「なんでやねん！」


テレビ画面の先輩のツッコミが、また炸裂した。

そのあまりの滑稽さに、僕はまたも笑いこけてしまった。

（やっぱり、僕では敵わなかったのだ。先輩を超えるほどの芸人には、到底なれない）

僕は心の中でそうつぶやきながら、テレビの前で、馬鹿みたいに笑っていたのだった。

★　★　★

「ただいま〜」

聞き覚えのある声だ。
その声の主は、あの「めちゃくちゃキング」で活躍中の漫才師である。
帰ってきたのだ！
僕の敬愛する大先輩・立石亮太が。
「おい、袴田！　何やってんねん！」
先輩はニヤケた笑みを浮かべながらも、半ばキレた口調でそう突っ込む。
それもそのはず。

ここは先輩の家なのにもかかわらず、僕は図々しくも、ソファーに寝そべっているのだから。

背中をぽりぽりかきながら、口を潤すためにまたオレンジジュースを少し飲んだ。

「立石先輩の漫才を見てたんす。一緒に見ません？」

「バカか、お前は！」

立石先輩が思いっきり言うあまりに、僕に向かって唾の飛沫が飛んできた。

僕はそのツッコミに吹き出しそうになるが、先輩は厳しい表情をしている。

「お前な、どの立場でものを言ってんねん。ちとは働いて返せや」

「あははは」

「笑いごとやない」

あかん。

今回のはマジであかんやつや……。

僕はふと立ち上がり、その場を去ろうとした。

「どこへ行くんや、袴田」

立石先輩の呼び止める声に、僕は咄嗟に嘘をついた。

「ちょっ、ちょっと。トイレっす」

「阿呆。トイレは向こうやろ」


ぎくっ！


僕はふと、振り向く。

そうやった。

立石先輩の家のトイレは玄関ではなく、台所の奥にあったんやった！

「袴田……お前、逃げようとしたやろ」

先輩のドスの利いた問いかけに対し、僕は笑ってごまかした。

「あはははは。まさか、僕がそんなことするわけないじゃないすか」

ニヤッと笑みを浮かべ、まるで魔王のような笑い声を上げる立石先輩。

僕はそのあまりの恐ろしさに、声を上げて笑うしかなかった。

だが、先輩は僕の方に急接近し、僕のこめかみをグリグリと攻撃しだす。

「この馬鹿野郎!!　家賃払いもせずに4ヶ月居候したあげく、逃げようとするなんて。お前はサイテー芸人や!!　いや、お前はもはや芸人やない。クズや。史上最低なクズや!!」

「すんませんでした、先輩!!　この通りや〜」

僕はその場でひざまずき、深々と土下座をした。

だが、立石先輩の怒りは収まりそうにない。


「もうええわ。出ていってくれ」

「えっ?」

僕はつい、聞き返してしまった。

まさか温厚な先輩の口から、そんな冷たい言葉が出てくるとは思いもしなかったのだ。

「聞こえんかったのか。『出ていってくれ』と言うたんや」

「そんな……」

「家賃はもうええわ。その代わり、もうこの家の敷居を二度とまたぐな」

「先輩！」

「お前の住む家はもうないわ。ひとが居候させてやってたのに、まともに家賃も払わずに、働きもしない。しかも俺の大好きなポテチ・醤油マヨ味の袋を勝手に開けて、図々しくオレンジジュースを手にして……！　もうたくさんや！」

僕の腕をグイッと引っ張り、無理やり外へ出そうとする立石亮太。

それに対し、僕は必死に抵抗をした。

「先輩の意地悪！　僕を見捨てて、かわいそうやと思わんのですか？」

「ああ、かわいそうだと思ってたさ。けど当の本人は、そんな俺の人情を、見事に踏みにじったやないかい。しかもこれが最初やない。もう26回も、このやり取りしたやろ？」

「イヤイヤ先輩！　……正確には、28回です！」

「どうでもええわ!!」

「きゃあぁ〜！」

僕はつい、甲高い奇声を上げてしまう。

「すんません、すんませ〜ん！」

僕は神にお祈りするように手を合わせたが、もう手遅れだった。

先輩の鬼のような形相は、とても変わりそうにない。

「袴田、二度と顔を出すな！」

そう言われて、僕は家からぐいっと放り出された。

「待ってください、先輩！」


バタンッ!!


けたたましく閉め出された扉。

ガチャッ、という施錠する音が、扉越しに聞こえてきた。

「先輩……せんぱあぁ～い！」

僕はそう言って、玄関の扉に向かって泣きついた。

なのに扉越しで、立石先輩は強く扉を叩いた。

僕はまたも驚き、ふと後ずさりした。

「袴田！　いっそ今から、ホームレスになっちまえ！」

先輩の怒鳴り声に対して、僕も扉越しに、怒りと悲しみの気持ちを込めて言い放った。

「わかりましたよ、先輩！　僕、ホームレスになってやる〜！！！」

そして、僕は先輩の家を後にしたのだった。

# 第二章　どん底のホームレス

今日は11月3日。

世間は「文化の日」という祝日だ。

そんなおめでたい祝日の夜を迎えて、世間の人々はみんな楽しそうに街中を歩いている。

僕の目に映る新宿の街が、にじんで、どんどんゆがんでいく。

僕はついに、多くの人の目を気にも留めずに、ただ俯いて涙をこぼしてしまった。

よくもまぁ、この年になって、堂々と人前で泣けたものや。

我ながらびっくりだ。


世間の人々は、誰も僕の方を向こうとしない。

それは日本社会の温かさというべきか、特有の冷たさと呼ぶべきなのか……。

しかし今は、そんなことはどうでもいい。
そんなことよりも、明日を乗り越えるための方法を考えなくちゃ！
僕はポケットの中から、黄土色のボロボロな革財布を取り出した。
そしてその財布の小銭入れのチャックを開けて、中身を確認した。

２７６４円……。

これが僕の全財産だった。
よくて、漫画喫茶に1回泊まるのが精いっぱいな金額だ。
この東京の街中で生きていくには、どうしてもお金がいる。
寝泊まりするのも、食事をするのも、何もかもお金がモノを言う世界なのだ。

僕は路上でしゃがみ込み、小さくため息をついた。

「ああ、もう〜！」

僕は憤りのあまり、つい歩道の敷石を無意味に殴ってしまった。

痛い……！

コンクリートの固さが、余計に僕の心を虚しくさせていった。

やけに静かだ。

街中にいるのに、なぜか僕のまわりだけ、妙に静寂であった。

ふと見回すと、いつの間にか街の人たちは、みんなじっと僕の方を見つめている。

僕の目の前には、まるで僕を生ゴミのように見つめる、おしゃれな格好をした女性もいれば、「急に襲いかかってくるのではないか」という、そんな顔つきで見つめる禿頭の老人もいた。

「ママ〜。あのおじさん、何やってるの？」

僕のそばにいた子供が、そう言いながら僕を指差したが、その傍らにいる若い母親はその指をつかんで素早く下ろした。

「ダメよ。変なおじさんに近づいちゃいけない。メッ！」


誰が変なおじさんや！


一瞬そう言い返したくなったが、僕にはそんなことを言い返すほどの気力は全くなかった。

20秒もすると、再び新宿の人々は、自分の目的地に向かってそれぞれ歩きだしていった。

（ああ〜、もうイヤや！）

僕は頭を掻きむしりながら、繁華街の歩道を離れるのだった。

★　★　★

真っ暗な夜空に灯る公園の白い光が、僕の足元をやさしく照らしている。

さすがに真夜中だから、その公園には誰もいない。

僕は近くのベンチに、ゆっくりと座る。

ベンチの上は砂がうっすらとかかっているせいか、すごく座り心地が悪い。

しかし、僕はここまでたどり着くのに相当歩いたから、これ以上別の所へ行く気分にもなれなかった。


痩せ細った僕の腹時計が、「食べ物をよこせ」とうるさく知らせる。

きっと、その空腹のせいだろう、僕の頭の中ではいまだに苛立ちが止まらずにいる。

僕は深くため息をついた。

「は～あ。やっぱり、あそこで反省するべきだったのかな……」

そうつぶやきながら、僕は天を見上げた。

空は真っ黒で、星一つ見ることができない。

それはまるで、僕の心そのものだ。


容赦なく吹いてくる、冷たい風。

服の隙間に風が入り込んできて、僕はつい、ヒヤァ～ッ！　と声を上げてしまった。

「うっわ～、これは耐えられんわ～！　もういい、先輩に謝ろう！」

僕はスマホを取り出した。


数回の呼び出し音が、僕の耳に鳴り響いた。

「もしもし」

先輩の声だ。

漫才の時とは違って、寝ぼけた感じの様子だ。

「あっ、もしもし！　僕です、袴田です。立石先輩ですよね？」

「なんだ、袴田か。どうしたんや」

「はい！　僕、今めちゃくちゃ反省してるんす」

受話器越しに聴こえてくる、「ああ、そう」という先輩の声。

「やっぱり、もう少しだけ居候させてくれまへんか？　先輩！」

僕は必死に、スマホを通じて立石先輩にせがんだ。

それに対し立石先輩はとても親しげに、「マジで？」と応じる。

「はい、マジっす！　お願いしますよ、センパイ」

僕は真剣に、先輩に向かって懇願した。

すると、先輩は嬉しそうに声を上げて笑いだした。

その様子からしたら、先輩はすでに、僕の過ちを許してくれていたのだろう。

さすがは立石先輩！

「ホームレスになるんやろ？」

「……えっ？」

僕はつい、耳を疑ってしまった。

その言葉は、まるで岩のようにとても冷たく重くて、そして痛い一言だった。

とても、あのいつも親しく接してくれる、温厚な先輩の言葉とは思えなかった。

「せっかくホームレスになるんやから、何かおもろいことすればええやん」

「何言うてんですか」

必死に声を絞り出して、僕は先輩に聞いた。

「ホームレスでおもろいことをやれって。何をやればいいんすか」

「知らん」

「先輩！」

しばらくの沈黙ののちに、立石先輩はまたも嬉々とした声色で笑いだした。

「冗談や、冗談！　今どこにおるん？　渋谷の路上か？」

先輩の温かな応対に、僕はつい、受話器を強く握りしめてしまった。

「……新宿です」

「おぅい、袴田〜」

懐かしい声が、向こうの方から聞こえてきた。

立石先輩だ。

先輩は赤いマフラー巻き、黄色いニット帽をかぶっており、両手には何やら商品を詰め込んだビニール袋を手にしていた。

「袴田。さっきはすまなかったな」

先輩は自分の頬を軽く掻きながら、僕にそう謝ってくれた。

「これは俺からの、ささやかな応援や。受け取ってくれ」


立石先輩は、やっぱり温かい先輩だ。

僕のために、こんなに支援してくれるなんて……。

あの芸能業界を席巻しているお笑いコンビ・めちゃくちゃキングのツッコミ役が、こんな間近で見守ってくれてるなんて、感無量とはまさにこのことや。

立石先輩は両手を組みながら、僕の顔をじっと見つめている。

顔は笑っているが、心の中ではめちゃくちゃ困り果てているのだろう。

そんな先輩の様子が、ニット帽の隙間から溢れ出てくる汗で感じられた。


「さて……。どうしようか、袴田」

珍しく、立石先輩の表情は真剣だ。

「さぁ～、どうしましょう」

僕がそう応じると、立石先輩は急にずっこけだした。

「『どうしましょう』じゃないねん！　袴田、お前のことを話してるんやで？」

立石先輩の鋭いツッコミに、笑ってごまかそうとしてしまっている自分がいた。

多分、そのことに気づいたのだろう。

先輩は「本当、しょうもないやつやなぁ」とでも言いたそうな顔を浮かべて、ものすごく深いため息をついた。

「お前、ホンマ。ホームレスになっちまえや」

「センパイ」

先輩の黒目の奥は、どことなく真っ暗である。

投げやりでそう言っているのか、はたまた冗談で言っているのかが、さっぱりわからなかった。

「一度外へ出てみて、世間の風に当たれ」

どうやら、本気のようだ。

先輩が言い放ったあの「ホームレスになれ！」という言葉は、紛れもない本心だったらしい。


「おい」

立石先輩のドスの利いた声が、僕の耳に届いてきた。

「はい」

僕は口角を上げながら、にこやかに応じた。

「お前……話、聞いてなかったな？」

「はい？」

「俺の話をちゃんと聞け」

「いいえ、聞いてました」

僕はキッパリと、ウソをついた。

だが、さすがは漫才王者・立石亮太である。

僕の返事に、ズバッと切り返してきた。

「じゃあ、俺が今どんな話をしたのか。整理してみぃ？」

その問いに対して、僕は即刻「聞いてませんでした……」と答えた。

「バカッ！」

立石先輩はグワアッと僕の頭をつかみ、５本の指でグイグイ握りつぶしだした。


ああ、いつまでも続けていたい。

立石先輩とやるこの一連の流れが、ものすっごく気持ちがいい！


そういう気持ちが、顔に出ていたのかもしれない。

先輩はニヤニヤ笑いながらも、本気のニュアンスで僕に話した。

「漫才してるのとちゃうねん。俺は本気で、お前のこれからのことを心配してるんやで？」

そう言って、先輩は右手を挙げて、何度も空手チョップの仕草をする。

僕は相変わらず飄々と、その神聖なる空手チョップをビシッと両手で受け止めた。

「いいか、袴田。今度はちゃんと聞けよ？」

先輩の言葉に対して、僕は数回頷いて応じた。

「いいか？　これからお前は、ホームレス生活をウリにするんや。ホームレス生活をライブ配信して、そこから影響力を身につけろ」

「……はい？」

僕は先輩の言っていることが、全然理解できなかった。

ホームレス生活をウリにする？

しかも、それを「ライブ配信」するだって？

何言うてるんや、この人は。

どうやら、先輩は僕の気持ちを察したのだろう。

立石先輩は丁寧に、僕に説明をしてくれた。

「要するに。袴田、お前は今から、ホームレスとして活動するんや。それで、そのホームレス生活を日々ライブ配信して、視聴者を獲得していく。さらにその視聴者をファンにしていって、最終的には顧客として迎え入れるんや」

「ホームレスとして活動する？」

「そうや」

先輩は大きく頷いた。

なんとなく先輩の言わんとすることは理解できたが、それでもあまりに理不尽な感じが拭えない。

「お前ならできるやろ、ホームレス」

先輩のあまりの堂々とした態度に、僕はつい圧倒されそうになった。

だが、僕はつい、口答えしてしまった。

「……僕、恥ずかしいっすよ」

その言葉を聞くと、さっきまで上機嫌だった先輩の表情は、急に険しくなった。

「は？　……ホームレスもまともにできないんやったら……じゃあお前。何ができるっていうんや」

「それは……」

「何もできないやろ？」

先輩の言葉が、鋭く僕の胸を突き刺した。

そして僕の潜在意識の中で、何度も何度もこだましていく。

僕はしばしの間、黙りこくってしまった。

その通りだ。

僕はまともにバイトの仕事もこなせない、役立たずの大人だ。

コンビニのバイトも、工場での清掃仕事も、飲食店での皿洗いでさえも、まともに続かなかった。

僕に残されていたのは、人を笑わせる「芸人」という仕事しかなかったのだ。

立石先輩は僕の肩に、手をポンッと置いてくれた。

「袴田。俺は、お前ならできると思って、こうして話をしてるんや。確かに恥ずかしいかもしれへん。けどな、お前だったらこの活動を通じて、何かが得られると思うんや。まずはやってみい」

「でも、先輩。その『何かが得られる』って、何を得られるんすか？」

いまだに心もとない僕の問いかけに対して、先輩はなおも冷静に、そしてにこやかに返事をした。

「俺にもわからん」


立石先輩なら、何か考えた上で、僕に提案してくれたものだと思い込んでいたが、本人はそのつもりは全くなかったようである。

立石先輩は僕の右手に、小さなソーラーパネルのついたスマホの充電器と、折り畳み傘を手渡してくれた。

そして、先輩は僕に向かって、こう言い放った。

「いいか、袴田。もう一度言うで。お前、ホームレスになれ」

その言葉は、とても力強い口調ではあったが、なんとなく温かみもあった。

その温かみは、いかにもお人好しな先輩らしかった。

僕はそんな先輩の命令に対して、強く頷いた。

「わかりました。僕……ホームレスになります！」

★　★　★

何度折れそうになったことか。

僕がホームレス生活を始めてからの7日間は、一日に20回は後悔していた。

だって、冷たいんだもん。

寝床はまともな布団もないし、まわりの目は気になるし。

服はどんどんボロボロになっていくし……。

これがホンマのホームレス生活か……。


11月の寒風に晒された新宿のベンチは、僕の身体を芯から冷やした。

こんな状況がいつまでも続いたら、僕は風邪を引いてまうねん！

こんなホームレス生活が、とても明るい未来につながるとは、到底思えなかった。

それでも、僕がここまでやってこられたのは、先輩が僕に対して強い期待を抱いてくれていたからであり、等身大の僕にできる活動領域をプリセットしてくれたからだ。

もうこれ以上、先輩に迷惑はかけられない。

30代になっても独身を貫いている僕とは違うのだ。

僕は実家を捨てて東京へ無理やり引っ越し、結局家賃をまともに支払うことができずに、大家さんに迷惑をかけてしまい、おまけに立石先輩の家でお世話になりながら、図々しく王様気分で、ひとのポテトチップスを食べていた始末だ。


こんな人間に、本来だったら生きていく権利はないだろう。

でも、立石先輩はそうは見なかった。
こんな僕に対しても、温かく手を差し伸べてくれた。
そしてこんな僕に、この「ホームレス」という肩書きをくれた。
ハタから見たら、これほど屈辱的な体験はないだろう。
普通の人間だったら、すぐに諦めることだろうと思う。
けれど、僕は尊敬する芸人の先輩から、この使命をいただいたのだ。
僕がホームレスとして活動することによって、きっと何かが得られる。
その「何か」とは何か。正直、まだわからない。
けれど、僕はその「何か」のために、生きていくしかないのだ。
ホームレスとして生きていかなくちゃ、僕はどんどん腐っていくばかりや。
もうこれ以上、人に迷惑はかけられない。
生き抜くしかないいんや。

今日も新宿の公園に、夜明けがやってきた。

僕は自分のスマホを、ソーラーパネルのついた充電器から取り外し、電源を入れた。

そして、僕はＳＮＳのライブ配信を開始した。

「どうも〜、おはようございます！　勝彦ですぅ〜。皆さん、元気っすか〜？」

僕が画面に向かってそう話しかけると、オープニングからまばらに返事が送信されてくる。

今日は珍しく、結構人の入りがいい。

「かっちゃんおはよう！」

「今日も生きてたねｗｗｗ」

「こっちは元気っすよ〜」

冗談めかした口調のユーザーもいれば、生意気な言葉遣いをするフォロワーもいる。

でも、それでいいのだ。

だって僕は、ホームレスなんやから。

「かっちゃん、今日も元気にしてる～？」

突如と現れる横柄なコメントに、僕は不意に身震いした。

「ま、まぁ……元気にはしてるけど、この寒さには耐えられまへんワ」

僕がおどけた感じにそう応じると、コメント欄には草が生えまくる。

「そりゃ大変だわｗｗｗｗ」

「おっつ～ｗｗｗ」

「たくましいーｗｗ」

みんな、気をつかってるんだか、気をつかってないんだか……。

ネットの世界にはホントいろんな人がいるものだ。

「勝彦、後ろ後ろ」

僕はふと、後ろの方を向いた。

すると、なんとその公園に、本物のホームレスがいたのだ。（いや、正確には、そもそもホームレスに本物もニセモノもないのだが……）

そのホームレスは、顔が腫れたように真っ赤っかで、白い顎髭まで生やしている。

「兄ちゃん。今日もライブ配信かい？」

白髭のホームレスは、僕に向かってそう声をかけ、ニヤリと笑いだした。

彼のむき出しにした歯は、お世辞にも清潔とは言えない。

歯は1本1本が黄ばんでいて、虫歯になっている歯も垣間見えた。

「はいっ。なかなか面白いんすよ！　桂さん、出てみます？」

僕がスマホの画面を彼に手渡そうとすると、ホームレスの桂さんは手を振って拒んだ。

「いやいやいや、恥ずかしいからいいよ」

「そうっすか」

「それより、兄ちゃん。コレ」

そう言って、桂さんは汚いズボンの右ポケットから何かを取り出したみたいで、そのポケットから出た拳を天に掲げる。

「今日、たまたま道ばたで、５０００円を拾ったんだ」

「ああっ、ありがとうございます！」

僕は図々しくも、そのお金に手を伸ばそうとする。

すると、桂さんはその右手を後ろに引っ込めた。

「まだ『渡す』なんて言ってないだろう？」

「えへへへ、すみません」

「なぜ笑う」

そう言っている桂さんこそ、満面の笑みを浮かべているやないかい！

そうツッコミを入れたくてたまらなかったが、彼は間髪を入れずに、僕に向かって言った。

「兄ちゃん。ちょっとあそこのコンビニで、買い物をしてきてくれないかい？」

「え〜、またですか〜？」

僕はそこはかとなく、「めんどくさいです」というオーラを放った。

だが、桂さんはそのオーラに全然気づいてくれない。

「いいだろう、兄ちゃん？　利益は折半でいいからさ～」

「マジすか！」

「ああ、もちろん！」

「よっしゃぁ～！」

僕は嬉しさのあまり、ついガッツポーズをしてしまった。

すると、画面から淡々と、活字のコメントが飛び交ってくる。


「ホームレスのおつかいｗｗｗ」

「ご苦労さま」

「たった２５００円にガッツポーズ」


みんな。ほんと温かいんだか、冷たいんだか……。

僕は内心そう思ったが、スマホ画面の前では陽気なキャラを装った。

「みんな、コメントありがとう！　今日もがんばって生き抜くんで、お互いがんばろうな」

そう言葉を発したら、フォロワーのみんなから一気にコメントが殺到した。

「がんばろ～」

「ありがとう、ホームレス」

「じゃ、俺今から寝ますわ」

「気をつけて！」

僕はスマホの画面に向かって手を大きく振り、停止ボタンを押す。

『兄ちゃん、今日も上機嫌だねぇ～」

桂さんの独特な異臭に耐えながらも、僕はそんなにこやかに笑う彼に向かって、微笑みを返すのだった。

# 第三章　ホームレス、「15円依頼」をやる

12月8日。

ついに、僕のお金が尽きてしまった。

それまでは自分の手持ちのお金でやりくりしていたり、足元に落ちているお金を拾ったりしていたのだが、さすがに1ヶ月も経てば、とても耐えられたものじゃない。

風呂にも入らず、まともな食事もできずに、ただコンビニの安いおにぎりを一日に1個食べて、あとは水だけでしのぐ生活。

そんな生活は、僕のお金が尽きた時点で終わってしまった。


僕の手元にあるのは、先輩から買ってもらったソーラーパネルのついた充電器と、いつも肌身離さず愛用している、水色のカバーのついたスマートフォンだけ。

もう、我慢の限界や。

僕はスマホの画面をタッチして、ＬＩＮＥアプリを開いた。

そして、僕はその友達の中から、立石先輩のアイコン写真をひたすら探した。

僕の耳の中で、数回のリングトーンが響いてくる。

いやぁ〜。いつになっても、大物芸人に電話をするのは緊張するものや……。

そう思っていた刹那、通話がつながった。

「もしもし」

「あっ、もしもし先輩！　袴田です〜」

「あっ、なんだ。お前か」

『なんだ』とはなんだ。

そう突っ込みたいのは山々だったが、僕はその思いをグッと堪えた。

「何か用か?」

先輩のやさしい問いかけに対し、僕は素直に自分の心境を吐露した。

「はいっ!　ボク、今お金がなくて困ってるんすよ〜」

「金はもう貸さないぞ」

「わかってマス!　そういう話じゃないんすよ」

「じゃあ、どういう話?」

僕は一瞬言葉に詰まったが、深く呼吸を整えて、状況を丁寧に説明した。

「僕、今まともな仕事につけてないじゃないすか。収入源もなくて、それに自分の手持ちのお金もなくなって、困ってるんす。先輩、なんとかしてください!」

「なんとかしろって、具体的には?」

「先輩が言い出したことでしょう?　僕、先輩の言うことを信じて、ここまでやってきたんすよ!　最後の頼りは先輩しかいないんス!　先輩!」

「わかった、わかったから!」

僕はスマホに耳を強く当てて、先輩の次の言葉を待った。

だが、先輩はなかなか、次の一言を話してくれない。

10秒経っても。

20秒経っても……。

「もしもし。先輩？」

僕はスマホの受話器を強く耳に当てて、先輩に返事を促した。

すると、立石先輩は急に、

「見つけたっ！」

と感極まった様子で、声を張り上げた。

「どっ、どうかしたんすか、先輩」

僕がそう問いかけると、先輩は嬉しそうに応じた。

「お前のためのツールが、見つかったんや！」

「……エッ？」

僕は先輩の言っている意味が、よくわからなかった。

「お前、『デイス』って知ってるか？」

「デイス」

「そう。知らんやろ」

僕は即座に、「はい」と受話器に向かって返事する。

「なんすか、それ」

僕がそう質問すると、先輩はなぜか、フーッフッフ、と奇妙な笑い声を漏らした。

「聞いて驚くなよ、袴田。これはな、ネットショップを無料で開けるサービスなんや！」

「ええ⁉　マジっすか？」

ネットショップといえば、つい最近までは月額で契約金を必要とする、電子商取引の手段だ。

それなのに今では、無料でネットショップを開くことができるようになった、ということらしい。

通常、契約金で月に2～3万円は飛んでしまう代物なのに、それがコストゼロで始められるのは大きい。大きすぎる！

これはもはや、ビジネスチャンス以外、ナニモノでもないやないかい！

「ホントに存在するんすか、そんなネットショップ・サービス」

僕はつい、そう先輩に念を押してしまった。

すると、先輩は声色を急に変えてきた。

「ググれ、カス！」

「すっ、すみませんっ！」

僕は電話越しでありながらも、ぺこりと頭を下げてしまった。

「で、でも先輩！　一つ質問っす」

「なんや」

「ネットショップを開くことができても、ボク、自分の商品持ってないっすよ？　これからどうすればいいんすか」

僕がそう尋ねると、立石先輩は、待ってました、とばかりに、即座に返事した。

「あるやろ」

「どこに？」

「今、お前の目の前に」

「……はい？」

次の一言こそが、僕の人生を大きく変えたのだ。

「お前の一日を売ればいいんや」

「…………はあ？」

僕の頭の中は、もはや「？？？《はてな》」の連続だ。

さっぱり意味がわからない。

僕の一日を売るって、どういうこと？？？

立石先輩は、流暢に持論を展開した。

「考えてみい。お前、もしもホームレスの一日がネットショップで売られてたら、『おもしれえ、買ってみよう！』っていう人が現れる、とは思わへんか？」

「た、確かに……」

そうか、さすがは先輩だ。そこまでちゃんと考えていたのだ。

つまり、僕がこれまで一生懸命ライブ配信をしてきたのは、日頃から信用を得ていくための手段だったのだ。

それにしてもすごい！

ホームレスの一日を売るなんて、これは芸人だからこそ為せる業《わざ》以外、何物でもない。

こんなぶっ飛んだ発想は、笑いの王者『めちゃくちゃキング』にしか考えられない！

ほかの凡人芸人であれば、そもそも『デイス』なんていう無料のネットショップのことは知らないし、後輩芸人をホームレスにしよう、だなんていう、ぶっ飛んだ発想はできないだろう。

しかも、そのホームレスの一日をネットショップで売るだなんて、先輩以外に誰が浮かぼうか！

僕はふと、自分のネットショップで億万長者になるという、青写真を思い浮かべた。

ホームレスの一日をウリにした、新時代のエンターテイナー・袴田勝彦。

そんな僕は赤いソファーの上で、万札のうちわに扇がれながら、セクシーなドレスを着た多くの巨乳の女の子たちに囲まれているのだ。

見える。見えるぞ〜。

僕の明るい未来像が、ハッキリと目の前で照り輝いていた。

「どうした、袴田」


立石先輩の声をきっかけに、僕はふと我に返った。

「い、いえっ！　なんでもないっす！」

「お前、変なこと考えてたな？」

その言葉には意表を突かれた。

僕の妄想を完全に透視したんか⁉

「いえいえ！　まさか僕に限って、そんなことを考えるとでも⁉」

なんでやろう。

電話越しの対話のはずなのに、なんだか僕は、先輩から白い目で見られている気がしてならない。

いいや。このひどく長い沈黙は明らかに、僕の心の中を見透かしてる。

僕はなんとなく、そう思った。

「……まぁ、ええわ」

話が一段落した瞬間、僕はもう一つ、疑問に思ってしまった。

「でも、先輩。そんな商品、いくらで売ればいいんすか？」

僕は自分の率直な質問を、先輩にぶつけてみた。

その問いに対しても、先輩は即座に返事をした。

「んなもん決まってるやろ」

先輩の言っている意味が理解できない僕は、先輩に回答を促した。

すると、先輩はすごく冷静な口調で応じてくれた。

「そのネットショップでは、最低いくらまで安くできるか知ってるか」

「さあ、さっぱり」

「公式サイトの説明によると、最低限の決済手数料分である、15円みたいなんや」

「へぇ〜」

僕はまるで他人事のように返事した。

その瞬間、先輩はとんでもないことを言い放ったのだ。

「15円にせい」

「……へ？」

「袴田の一日を、15円で売るんや」

僕は先輩から受けた唐突な命令に、なんて返事をすればいいのかがわからないでいた。

何を言ってるんだ、この人は。

僕はそう、心の中でつぶやいていた。

「なんでですか？」

僕は歯を食いしばりながら、先輩に聞いた。

受話器から聞こえる先輩の声は、温かくもあり、愛情に溢れていた。

ただ、言っている内容はあまりに残酷だった。

「んなもん、決まってるやろ。ホームレスの一日なんか、全然価値がないからや」

「ひどいっすよ！」

僕の青写真は、音を立てて崩れ落ちた。

なにが億万長者だ。

なにが万札のうちわだ！

馬鹿馬鹿しくて、乾いた笑いしか出ないわっ！


そんな僕の怒りを察知したのだろう。

先輩は僕を憐れむような口調で、丁寧に応じてくれた。

「しょうがないやろ。お前、本当にホームレスになっちまったんやから」

「いや、ホームレスをやれって言うたのは先輩でしょう?」

「じゃあ、俺のせいってことか?」

「そうです！」

そう応じると、先輩はよっぽどショックを受けたのだろう。

「はあ?」と連呼する先輩の声は、ものすごく震えていた。

「じゃあなんだぁ?　ほかにお前、生きていくアテがあるっていうんか?」

「そ、それは……」

「ないやろ?」

先輩の問い詰めに対して、僕は口をつぐむことしかできなかった。


その通りだ。

僕にはこの方法しか、生きる術がないのだ。


とはいえ、本当にそんな方法で生きていけるのか。

僕の馬鹿な頭脳では、とても理解が追いついていけない。


「先輩」

「なんや」

「こんな実質タダ働きをして、本当に大丈夫なんすか?」

僕がそう聞くと、先輩の答えはあまりに呆気なかった。

「そんなの、やってみなきゃわからんやろ」

その言葉を聞いた瞬間、僕は谷底に落とされたくらいに、心拍が急に速くなった。

その衝撃はあまりに心外で、しかも氷のように冷たく感じた。

「何を狙ってるんすか」

僕がそう率直に尋ねると、立石先輩はクソ真面目な口調で応じた。

「現代の社会において、ホームレスがホームレスとして生きていくには、まずはＳＮＳ上で自分のホームレス生活を晒して認知を取らないといけないと思うんや。で、その認知が取れるようになれば、まわりにフォロワーが集まって、支援者が来るようになる。その支援者にお金こそもらわないものの、その日の飯ぐらいは奢ってもらって、一日をなんとかしのいでいく。そのしのいでるプロセスも生配信しちまえば、おもろいと思わへんか？」

確かに！

僕は先輩に洗脳されているような感情も一瞬抱いたが、先輩はそんなことをする人じゃない。

先輩は本気で僕のことを思って、面白い仕事を創出してくれているのだ。

今それに乗っからないで、いつ乗っかるんや。

こうして、僕は、諦めずホームレスを続けて、先輩の言う通り、早速「15円依頼」を受け付けてみることにしたのだ。

★　★　★

こうして始まった、ホームレス袴田の何でも屋さん。
一日たったの15円！
僕の商品が最初に売れたのは、出品してから2日後のことだ。
記念すべき一人目の依頼者は、神奈川県の中年男性だった。
依頼内容は、畑仕事の手伝いだという。

僕は畑仕事が全くの未経験であったためか、心臓の鼓動が抑えられずにいた。
いや、多分この鼓動は、単に緊張しているから、だけではないだろう。
僕の人生の行く末。
依頼に応えなければいけないプレッシャー。
そして、なんの見返りもない、僕のこの奉仕生活。
こんな日々を、これからも続けなければいけない。
そんな見えない重圧に耐えるのに、必死だったからなのだろう。

（あれ？　そういえば、どこで電車を降りればよかったんやっけ？）

そう思った瞬間、僕はハッと我に返り、辺りを見回した。

そうなった時には、もう手遅れであった。

あかん。これはガチで、やばいやつや……！

「遅かったね」

白髪混じりの頭をした中年のおじさんは、開口一番にそう話した。

そう。今日に限って、僕は電車を乗り間違えた影響で、予定より20分も遅れてしまったのだ。

おじさんは温かな顔で迎えてくれてはいるものの、その温かさがかえって恐ろしく感じて仕方がなかった。

「申し訳ありません！　僕、普段、電車を使わないもので……」

僕はそう言って深々と頭を下げると、おじさんはなぜか、慌てた顔になる。

「いやいや、そういうことじゃない。私は、おたくのことを心配してただけだよ」

「え？」

おじさんは、自分の話を続けた。

彼の口調は、とても温かみがある。

それは、立石先輩とは違った感じの、思いやりに満ちた、誠意を感じさせるものだった。

「ほら。電車を乗り間違えて迷子になると困るだろ？　いろんな意味で」

おじさんはそう口にしながら、ポケットに手を突っ込む。

「これ。まあ、十分な額は出せないけど、少しは交通費の足しにしてくれ」

彼はそう言って、ポケットから1枚の1000円札と、3枚の500円玉を差し出してくれた。

僕はつい、辺りを見回してしまった。

幸い、駅には僕らのやり取りを見ている人が、誰もいなかった。

「えっ？　いいんすか、こんなにたくさん……」

僕はそう言って、そのお金を必死に返そうとした。

すると、おじさんは僕の手に、そっとそのお金を握らせてくれた。

「阿呆。これは交通費分だって言ってるだろ？　ひとの好意は、喜んで受け取っておくもんだ」

僕はそんな彼に、つい深々と頭を下げてしまった。

赤の他人からお金をいただくことは、こんなにも幸せなものなんだ……。

僕は、おじさんの温もりを含んだ５００円玉たちを強く握りしめて、丁寧にがま口に入れていった。

今日の業務内容は、専業農家・川原太一さんの大根の収穫だ。

冬の風が強く吹いている中で行うので、すごく大変な作業になること間違いなし！

ビュ～ッと吹く神奈川の風は、とても寒々しい。

「袴田くん、あっちの収穫を頼むよ」

川原さんはにこやかな表情で、一面に広がっている畑の方を指差した。

道路の向こう側にあるのは、下半身を土の中に埋《うず》めている大根。

少なくとも１００本、いや、千本は埋まっているだろう。

もう、その光景を見るだけで気が遠くなりそうだ。

「袴田くん！　何してるんだい。早く作業を頼むよ～」

川原さんの表情はにこやかではあるものの、声の調子は苛立ちを覚えた様子である。

そんな様子を垣間見た僕は、ただ大きな返事で、「はいっ！」と応じることしかできなかった。


あっか～ん！　早く作業をしなきゃ！


僕は早速、自分の目の前にある大根の方へ近寄っていく。

いよいよ、収穫作業の開始や！

僕は必死こいて大根を引っこ抜こうと試みた。

だが思いのほか手ごわい、全然抜けない……。

どういうことやねん。

僕はこう見えて、力はある方やっていうのに。

なんで抜けないんや。

なんでや〜〜〜！

僕は思いっきり、力強く大根の根元をつかんだ。

ただ、どんなに上に押し上げようとしても、全然ビクともしない。

「あれっ？　おっかしいな〜」

僕は力いっぱい、大根をあちこちに動かしてみようと左右に揺らす。

そうやってその大根を主軸にして、土の中の穴を大きくするのだ。

そして埋まっている大根をぐらつかせて、より抜きやすくする作戦だ。

「ぬおおおおおおお〜！」

僕はまるで少年漫画の主人公のように、雄叫びを上げながら大根を左右に揺らしていった。

手応えは感じていた。

しかし……。

パキッ！

どこからか、ひどく妙に心地良い音が聞こえた。

そうかと思うと、僕の大根にかかった力の重心が、一気に失われた。

その勢いで、僕はその土の上に、ボーンッ、とロケットランチャーのごとく尻餅をついてしまう。

痛いっ！　痛すぎる～。

僕のこの何ともいえないイタい白けた空気と、この痛みを伴った身体をどうにか癒してほしい。

「何やってるんだよ！」

川原さんが珍しく、わずかに怒りのこもった大声を発した。

僕は目の前の大根を見て、ハッとした。


大根が、真っ二つになっているやないかい！

根本から15センチ程度の白肌を境に、大根が上下に分かれて折れてしまったのだ。

なんというグロテスクなっ！

僕の両手には、まるで斬られた生首のような大根の上部だけが、生々しく握られている。

大根の葉の付け根と、白い胴体の切断部が、恐ろしいほどにきれいで気味が悪い。

僕は川原さんの大切な商品を、僕の手でダメにしてしまったのだ。


「きゃあああああ〜！」


川原さんは急ぎ足で、悲鳴を上げている僕の方に駆けつけてくる。

そして、彼は僕の顔と折れた大根を交互に見合わせて、ただ「あーあ」と言い続けた。

「申し訳ありません！　せっかくの商品が……」

僕はそう言って姿勢を正し、畑の土に額をこすりつけた。

どうやら、こればかりは川原さんも愛想を尽かしている様子だ。

とはいえ、あまりに静かだ。静かすぎる……。


やばい。これは本気で怒られるパターンだ……。


これまで数多くのお叱りを受けてきた経験から得た、僕の最終結論である。

今の川原さんは、明らかに怒っている。

間違いない！

僕は再び、頭を地面にこすりつけるようにして謝った。

「ごめんなさい！　マジでごめんなさい！」

すると、川原さんの視線は、僕の方にクッと向けられた。

「ヒイイイィ〜！」

僕はつい、その川原さんの静かな威圧におののき、またも尻餅をついてしまった。

怒りを隠しきれない川原さんは、それでもなお必死に、にっこりと笑みを浮かべていたのだった。


その日の晩御飯は、川原さんの奥さんによる手作りおでんだった。

理由はほかでもない。

僕があの大事な大根を、へし折ってしまったからだ。しかし、僕がへし折った大根は一本だけ。それこそが不幸中の幸いであった。

最初はとても気まずい雰囲気だったが、いざ料理が完成されると、どうってことはない。

川原家のみんなは満面の笑みを見せて、おでんを箸でつついて食べている。

「いや〜、今日はどうもありがとうな。おかげでウチは大助かりだよ〜」

川原さんはそう言って、僕の目の前にビール瓶を掲げた。

僕はちゃっかりと、図々しく彼の入れる冷え冷えのビールを飲みだす。

「本当に15円でいいのかい」

「はい」

僕がそう返事すると、川原さんはひどく驚いた。

「ウソだろ？　本当はもっと、お金が欲しいところじゃないのかい、ホームレスさん」

「いや、それはいいんス」

「どうしてだい？」

川原さんがそう問いかけると、僕はなぜか茫然としてしまった。

言われてみれば、僕はそんなことをちっとも考えたことがなかったのだ。

僕はこれまで、好きなことでお金を稼ぐことに憧れていたものの、お金のために働くことには１ミリも興味を持ってなかった。

自分の頭の中は、とにかく目の前の人生を生き抜くことで精いっぱいになっていて、自分の欲と向き合ってはいなかったのだ。


なんで今は、たった15円で仕事を引き受けているのか。

なんで自分はホームレスとして活動しているのか。


それに対する答えが、自分の中で見出せないでいた。

「袴田くん？　お〜い」


川原さんは僕の顔の前に手のひらを左右に振りかざしている。

しまった。またボーッと考えごとをしてた！

たった15円の報酬とはいえ、今は仕事の現場や。

ここは思いっきり、場を盛り上げないと……！

「いっや〜、失礼しましたぁ。で……なんの話でしたっけ」

僕のかますボケに対して、まわりはガクッとずり落ちた。

神奈川の人って、そんなにノリがわかるものなのか。

「袴田くん！　ひとの話をちゃんと聞いてよ〜」

川原さんは真っ赤なほろ酔い顔の状態で、僕に軽くツッコミを入れた。

「いっや〜、すんません！　何せ結構働いたものですから、ボーッとしちゃって……」

そう言うと、川原さんは僕をじっと見つめるなり、「それもそうか」とつぶやいた。

そして、川原さんは再び僕の空のジョッキにビールを注いでくれた。

「ちょっと、そこで待ってな」

川原さんはビール瓶をテーブルの上に置くと、台所の奥にある引き出しの方へゆっくりと歩み寄っていった。

「母さん、今月の金はまだあったろ」

川原さんは食事をしている奥さんに向かって、そう問いかけた。

「ええ、まだあるわよ」

「ちょっと、数千円抜かせてもらうな」

川原さんがそう自分の妻の顔をうかがうと、彼女はにっこりと笑って「ええ、いいですよ」とつぶやくように言った。

「川原さん、どうしたんです？」

僕は川原さんのジョッキにビールを注いだ。

すると、川原さんは僕の方に顔を向けて言う。

「袴田くんへのプレゼントだよ」

「はい？」

僕は、川原さんの言っている意味が全然わからなかった。

だが、彼が白い封筒を引き出しから取り出して、そこにお金を入れたのを見て、「まさか」と思った。

その「まさか」だった。

彼の右手には、数枚の千円札が入った封筒が握られていたのだ。

「川原さん……」

僕は川原さんの方を見て、「いいんですか?」と聞こうとした。

すると、彼はすぐさま首をブンッと振り、

「勘違いしないでくれよ」

と言った。

「これは報酬じゃない。投げ銭だ。袴田くんのこれからを応援するための、ささやかな気持ちだ。受け取ってくれ」

そう言って、川原さんはぐいっと封筒を突きつけた。

口調こそ力強く、荒々しい感じに聞こえたが、彼の言っている内容は全然冷たくはない。

むしろ、あまりにも温かすぎて、頭がどうしても上がらないぐらいだった。

「泣くな。泣くんじゃないよ」

「だって……だって……！」

僕は鼻を大きくすすり、目に溜まった水を手の甲で乱暴に拭った。

すると僕の手は、涙でかなり濡れてしまった。

「ああっ、もう！　おい、母さん！　ハンカチどこだった？」

「はいはい、こちらですよ」

奥さんはご主人へ足早に歩み寄ってきて、白いハンカチをスッと手渡した。

「いや、もういいですよ！　これ以上迷惑をかけるわけには……」

僕がそう言いかけると、川原さんは厳しい表情で「ばか！」と怒鳴った。

「キミはホームレスなんだろ？　困った時は、人に頼っていいんだよ」

「でも……」

川原さんは僕の方へ歩み寄り、白い封筒を僕のポケットの中にしまい込んだ。

そして、彼はピッと、妻から受け取った白いハンカチを、僕の前に差し出した。

「泣くなら、今日中に泣き切りなさい」

「いい人だよ～。明日は笑顔で別れたいからな。ほら」

「川原さん……」

川原さんは僕の肩に、やさしく手を置いてくれた。

「今日はウチで泊まっていきなさい！」

「そんな」

「いいんだ。キミの苦労は、ずっと前から知ってるよ。泊まっていきなさい」

僕は川原さんの温かい対応に、心の底からお礼を述べた。

「ありがとうございます！」

すると、彼はすごく紳士的に応じてくれた。

僕はあまりの嬉しさに、「ありがとう」の言葉さえ、忘れてしまっていたのだった。

# 第四章　ホームレスとチョコレート工場

次の依頼が入ったのは、あれから数日後のことだ。

僕は不運にも、いつものように寝坊をかましてしまって、急いで駅から駅へ乗り継いで行った。

「ああ～、いけないいっ！　なんで僕はいつもこうなんや～」

僕は電車の中で揺られながら、ふと小さくつぶやいた。

そう言ってはいたものの、僕は内心、とてもニヤニヤとした心持ちでいた。

なぜなら、今日はとても珍しい仕事の依頼だったからだ。

今回の依頼内容は、チョコレート工場での仕分け作業だ。

なんでも、今回の依頼主は、かなり大手のチョコレート会社の下請けらしい。

（ドキドキするな～）

僕の頭の中には、あのブラウンにテカテカ輝く板チョコの乗せられた、ベルトコンベアーが流れていた。

よだれが出るほどの甘い香りが漂う工場が鮮明にイメージできた。

何を隠そう、僕は大のチョコレート好きなのだ。

そんな大好きなお菓子の仕事なのだから、考えるだけで武者震いが止まらなくなる。

電車のスピードが、だんだんゆっくりになっていく。

もうそろそろだ。

今回の職場の最寄駅・新田駅《しんでん》に到着した。

新田駅は、埼玉県南東部にある。

ガラス張りの駅舎から見えるのは、人の手が行き届いている蒼い樹木と草原に、鼠色のアスファルトが敷き詰められた小さなロータリー。

一見すると、どこの都市にでもあるような光景かもしれない。

だが、この新田駅の東口は、東京にはない魅力がある。

空が広いのだ。

何十階にも及ぶ高層ビルが一つもないこの駅前には、不思議と彩り豊かな商店が並んでいる。

それを見ていると、こちらの心も明るく鮮やかな色に塗り替えられるようだ。

「おっと、いけないい。そろそろ行かなきゃ！」

街の鑑賞をしている場合ではなかった。

僕は今から、仕事をするのだ。（たった15円の報酬ではあるけれど……）。

急げ、袴田。

ただでさえ遅刻しているのだから、よそ見をしている余裕などないはずだ。

「あかん！　これはマジで怒られる〜」

僕は心の中でそう叫びながら、新田駅から走って12分程度の距離に位置する、みちのく製菓・チョコレート工場へ向かった。

やっぱり、怒られた。

依頼主の顔は、もう、カンカンだ。

「袴田さん！　困るんだよ～。うちはただでさえ、納期が短い工場なんだから！」

僕は今回の依頼主・辰巳重蔵さんに向かって、ペコペコと平謝りをした。

「マジで申し訳ないっす！　すみません！」

それに対し、辰巳さんは深くため息をついた。

「身体をちゃんと洗いましたか？」

彼の質問に、僕は大きく頷いた。

「はい、ネットカフェのシャワーで洗いました！」

「まったく、頼みますよ」

そう言って、彼は僕に青い衛生帽子を手渡した。

僕は急いでその帽子を被った。

重蔵さんは忙しそうに、僕を工場の奥へ誘導した。

さすがは、大手会社のチョコレート工場だ。

とても清潔な職場環境である。

白一色に塗られた上品な壁と、気分をも明るくさせるほどの、白く光る蛍光灯たち。

埃一つ見当たらない。

「袴田さん。こっちですよ」

そう言って、工場長の重蔵さんは僕を手招きし、目の前でけたたましく稼働しているベルトコンベアーを指差した。

そして、重蔵さんは声を大きめに張り上げて、僕に向かって説明を始めた。

「ここが、今回あなたにやってもらう仕事です。今日はたまたま、うちの社員が有給を取ったものですから、急遽袴田さんに依頼した次第です」

僕は軽く重蔵さんに会釈しつつ、ふとベルトコンベアーに目を向けた。

ベルトの上には、数多くの小さな丸いチョコレートが並んでいる。

どのチョコレートも光沢を放ち、それはまるで宝玉のようだった。

しかし、よく見てみると、まれにゆがんだ形のチョコレートや、ひび割れたチョコレートも見かけた。

そんなチョコレートたちを、このベルトコンベアーのそばで控えている白衣の作業員たちが拾い集めて、自分の足元にあるカゴへポイポイ投げ捨てていた。

なるほど。今回の依頼内容は、こういう仕事か。

僕は工場長による仕事内容の説明を受ける前に、すぐに自分の業務内容を悟った。

案の定、重蔵さんが説明した依頼内容は、想像通りのものだった。

要するに、ベルトコンベアーに流れてくるワケありのチョコレートを仕分ける作業だ。

「それでは袴田さん。よろしくお願いしますよ」

「はい！　よろしくお願いします！」

僕は快活にそう返事をして、早速作業に取りかかった。


最初は、まるで宝探しをするような感覚で、とても楽しかった。

仕分け作業とは、要するにゲームでいうところの「間違い探し」なのだ。

普通はお金を払って体験するものなのに、そんな間違い探しゲームをタダでできるなんて、最高やないかい！

だからこそ、やっていてとても楽しさを感じていたのだ。

ところが、その楽しさは、だんだんと薄らいでいった。

理由は、作業員たちのせいだ。

彼らは僕が一つでも見落としがあると、すぐにコンベアーの停止ボタンを押して、稼働を中断させるのだ。

そしてひどく不機嫌そうな顔でこちらを睨みつけ、誰もなんのフォローもなく、

「しっかりしてくださいよ」

と言わんばかりの表情を浮かべるのだった。


サイレンの音が鳴り響く。

またしでかしたらしい。

「袴田さん！　ちゃんと見た上でやってるんですか⁉」

作業員の戸田さんが、ついに僕の作業効率の悪さに、憤りを露わにした。

そんなことを言われたって、答えは明白やないかい。

「ちゃんと見てますよ！」

「じゃあ、なんで見過ごすんですか？」

「そ、それは……」

僕がつい声を引っ込めたのをいいことに、戸田さんは調子づいて、僕に怒りの言葉をたたみかけてきた。

「あなたのせいで、会社の生産が遅れちゃうんですよ。しっかりしてください！　遊びでやってるんじゃないんですよ！」

その言葉を聞いて、僕の堪忍袋の緒は、プチン、と切れてしまった。

「こちとら、やりたくてやってんじゃねえわ、ボケ！」

僕は不意に、返してはいけない暴言を吐いてしまった。

ふと戸田さんの方へ視点を向けると、なんと、彼は、ポカーンとした表情を浮かべているではないか。

僕はマスクに覆われた口を押さえて、「しもうた！」と深く反省する。

だが、もうすでに遅かった。

戸田さんは顔を俯かせて、頭に湯気が立っていた。

どうやら、彼は憤りのあまり、ハラワタが煮えくり返っているようだ。

「はい、袴田さん。お疲れ様でした」

依頼主の重蔵さんから手渡されたのは、たった1通の茶封筒であった。

ふと中を確認すると、そこには本来支払うべき日当の報酬と、そこからちょうど15円になるように差し引かれた、領収書の控えがあるだけ。

僕はその控えをじっと凝視した。

「……コレだけっすか？」

「そうだよ」

「マジで？」

「そういう契約だったでしょう」

そう冷たく言い放つ依頼主の顔を見て、僕は愕然とした。

「おつかれ様です、ホームレスさん」

そうやって堂々と言える依頼主の心理が、僕には全く理解できなかった。

本気で考えてるんか。

僕がこれから先、本気でこの15円で生きていけると思うてるんか？

「袴田さん。違いますか？　あなた、ホームレスなんですよね？」

重蔵さんはそう言って、僕に向かって冷ややかに嗤った。

「まともに時間を守ることもできなければ、仕事もちゃんとこなせない。ほんと最低ですね。本来だったら、15円でも惜しいほどですよ」

そして、重蔵さんは僕にグッと近寄ってきて、そこからいやらしく上から目線でものを言った。

「あなたのようなクズは、そこらの空き缶でも拾って、小遣い稼ぎでもしてなさい」

僕の手は、いつの間にか重蔵さんの肩をつかんでしまっていた。

「……もういっぺん言うてみぃ」

僕は怒りを抑えながらも、小さな声でそう促した。

すると、重蔵さんは僕を嘲笑うような目つきで、僕を睨んできた。

「あなたは社会のゴミだと言ってるんですよ。本来だったら15円を渡す価値もない。15円をもらえただけで、逆に感謝してもらいたいほどですよ」


バコンッ！

ついにやってしまった。

僕は重蔵さんの頭を、思いっきり殴ったのだ。

おかげで僕の拳はヒリヒリしてしまったが、どうってことはない。

この大馬鹿野郎を打ちのめすことができれば、僕としては本望だった。


だが、それが間違っていた。


そのおかげで、一つ厄介なことが起きてしまった。

僕のネットショップに、一つ星のレビューをつけられたのだ。

投稿者はほかでもない。

みちのく製菓のチョコレート工場の社畜・辰巳重蔵だ。

重蔵はそのレビューで、僕のことをひどく非難した。

「暴力的な男だから注意しろ」

「そこらのホームレスの方がまだ人がいい」

「さすがは社会のゴミ」

さんざんな言われようだ。

そういうこともあってのことだろう。

僕に対する15円の依頼は、それから数週間は全く来なかった。

どうやら、よっぽど信用を落としてしまったと見て取れる。

「はあ～あ。僕はこれから、どうすればいいんや～！」

僕はいつものように、新宿のベンチの上でスマホをいじりながら、そうつぶやくのだった。

# 第五章　ホームレスと稲荷神社

「兄ちゃん、今日はどこに行く予定なんだい？」

白いヒゲモジャのホームレス・桂さんが、ベンチの上で悶えている僕に向かって、意気揚々と話しかけてきた。

「今日はまだ依頼がないすよ」

僕がそう応じると、桂さんはなぜかニヤケた顔で「ああ、そう」と応じる。

「桂さん、なんでニヤケてるんすか」

僕がそう問いかけると、桂さんは黄ばんだ歯をむき出しにして、「オレにもよくわからん」とつぶやいた。

「ただな、兄ちゃんを見てると、オレ、元気をもらうんだ」

「そうなんすか？」

「おうよ。最近兄ちゃん、いろんな所へ旅に出てるだろ？」

「いや、旅っていうか～……」

正確には、たった15円の報酬による仕事の依頼だ。

普通の旅とは違って、随分重労働の多い遠出である。

「兄ちゃんのがんばりを見てると、オレ、単純に、生きる希望が湧くんだよな～」

「どうしてっすか？」

僕の問いかけに対して、桂さんはニヤニヤと笑いながら応じた。

「だって兄ちゃん、仕事から戻ってくるたびに、どんどん目の輝きが強くなるんだもん」

「ええっ？」

僕はふと、辺りを見回した。

そして、僕はベンチのそばに近寄ってくる桂さんと一定の距離を保ちながらも、くすぐったく思いながら言った。

「そんなに綺麗な目をしてるんすか？」

「おう、してるよ。キスしたくなるぐらい」

「やめてくれ！」

僕がそう軽くツッコミを入れると、桂さんは声を上げて笑った。

桂さんのツーンと鼻にくる異臭は、相変わらずだ。

「兄ちゃん。あんたのそばにいると、なんだか愉快な気分になるんだよ」

桂さんは照れくさそうに、自分の鼻をこすった。

「ほら。アンタよく、旅行の土産話をしてくれるだろう？　それが楽しくてさ〜」

「ほう、なるほど〜……」

そういうことか。

言われてみれば、確かに桂さんの言う通り、僕は15円依頼を通じて得た体験は話すようにしていた。

まだ数回とはいえ、桂さんにとってはどの話も、新鮮味のある体験談だったのだろう。

「兄ちゃん。これ、受け取ってくれ」

桂さんはそう言って、僕に５００円玉１枚と１００円玉を４枚、そして10円玉を５枚手渡した。

「桂さんっ。どうしたんすか、そのお金は」

僕がそう聞くと、桂さんは誇らしげに言う。

「いやぁ〜、あそこの稲荷神社で空き缶の募金箱を設置したら、恵んでくれた人がいたんだよ。それで、こんなにたんまりと得られたわけ」

「稲荷神社で？」

「そうさ」

僕はその話を聞いて、深く感心した。

そうか。そういう手があったか。

なんで僕は、今までそういう手段が思い浮かばなかったんや！

僕は桂さんの話を聞いて、一つの名案を思い浮かべた。

「どうした、兄ちゃん」

目を丸くしてこちらの顔をうかがっている桂さんに、僕は率直に聞いてみた。

「桂さん。その稲荷神社に、ちょっと連れてってもらえまへんか？」

「えっ？」

「僕、そこでやってみたいことがあるんすよ。案内してくれまへん？」

僕がそう尋ねると、桂さんは目をパチクリとさせて、

「まあ、別にいいけど……」

と応じた。

「稲荷神社へ行って、一体兄ちゃん、何をする気なんだい？」

「見てのお楽しみっすよ」

そう言って、僕は桂さんの背中を強く押すのだった。

★　★　★

こうして、僕は目的地の稲荷神社へたどり着いた。

「よ～し。まだ誰も来てないな？」

僕はふとそうつぶやきながら、辺りを見回した。

「おい、兄ちゃん。何をする気なんだい？」

僕の後をついて回ってくる桂さん。

僕はそんな彼の問いかけに応じずに、ひたすら境内を隅から隅まで歩き回った。

「聞こえてるのかい、兄ちゃん！　兄ちゃん！」

〝兄ちゃん〟と連呼されると、なんだか弟に呼ばれているみたいで、実に複雑な気分だ。

僕は日が昇った青空を見上げて、自分のやろうとしていたことを思い出そうとする。

それでもなお、桂さんは僕の耳元で「兄ちゃん」「兄ちゃん」とうるさかった。

「おい兄ちゃん。まさかオレの秘伝ワザを、あんたもマネるんじゃないだろうな」

その言葉を聞いて、僕はハッとした。

そんな僕の表情に反応して、桂さんは「図星だな？」と言わんばかりの笑みを浮かべた。

「やっぱそうなんだろ、兄ちゃん！　ホームレス賽銭はオレの専売特許なんだ。勝手に無許可で使用されちゃあ困るんだよ」

桂さんのドヤ顔に、僕は軽くツッコミを入れた。

「阿呆。誰がそんなバカなことするかい」

「なんだってぇ〜？」

僕は桂さんの絡みをものの見事にスルーして、境内にあるおみくじ屋へ一目散に駆けていった。

すると桂さんも、ホント金魚のフンのようについて回ってくる。

「おい、兄ちゃ〜ん。待ってくれよ〜」

なんやねん、その言い方は。

いい歳してそんな甲高い声を出すんやない！

見てるこっちが恥ずかしいやないか。

そう強くツッコミを入れたくなったのは山々だが、僕はおみくじ屋のガラス窓を、タンタンッと軽く叩いた。

「すみません。おみくじを一つください」

僕がそう声をかけると、窓がゆっくりと開いた。

そして、なかなか品の良い巫女が顔を出した。

「おみくじですね？　一本２００円です」

「はい、２００円」

僕はそう相槌を打ち、さっき桂さんからもらったばかりのお金を手渡した。

そして、その巫女に、もう一つお願いをした。

「すんません、もう一つ頼みたいことがあってですね」

「なんでしょう」

「おたくに、いらない段ボールと黒いマジックペンありまへんか？」

「段ボールと、マジックペンですか？」

「はい」

僕がそう頷くと、巫女さんは困った表情を浮かべた。

「ちょっと、待っててくださいね。神主に聞いてみます」

「助かります！」

僕は両手を合わせて、巫女さんに恭しく頭を下げ続けた。

「何をする気なんだい、兄ちゃん」

桂さんは後ろからうかがうように、僕に向かって問いかける。

「すぐにわかりますよ、桂さん」

僕はそう返事して、寒さに赤く腫れ上がっている彼の顔に向かって、軽く笑みを見せた。

「はっは〜ん。なるほどね〜」

桂さんは顎に手を当てて、そうつぶやいた。

それに対して、僕は満面の笑みを浮かべて、親指を立てた。

「どうっすか。これなら僕に15円払いたくなりますよね？」

僕の問いかけに対して、桂さんはうんうんと頷いた。

そして、彼は僕の肩にぶら下げている段ボールの看板を見つめる。

「そうだね。僕がお客さんなら、ぜひとも仕事を依頼してみたくなっちゃうね〜」

「でしょう？」

「ああ」

段ボールの上にマジックペンで僕が書いたコピーを再び見つめて、桂さんは大きく頷いた。


15円ください。

なんでも仕事します！


この言葉をデカデカと書き、首から提げたのだった。ひもは拾ったものを使った。

桂さんは僕の左肩にそっと手を置いた。

「がんばってくれよ、兄ちゃん。また兄ちゃんの土産話、楽しみにしてるからな」

桂さんはそう言って、いそいそと神社の陰に向かって駆けていった。

どうやら自分が邪魔者であることを悟っていたのだろう。

そういう細かな気遣いができるからこそ、僕は桂さんが大好きなんや。


しばらくすると、境内に一人の男性が恐る恐る入ってきた。

その男性の姿は、赤黒いスーツに白い革靴である。

右手につけられているきらびやかな腕時計からうかがうに、どうやらよっぽどのお金持ちと見て取れた。

年齢は、およそ50代だろう。

眉間に皺がいくつかあったが、朗らかそうなイケメンだ。

ただどういうわけか、彼の表情は妙に物憂げである。

「こんにちは！」

僕は男性に向かって、気さくに挨拶をした。

第一印象は大切だ。

たとえ15円の依頼とはいえ、仕事をしてもらいたくなるには、こちらの明るさが必要だ。

男性は僕に向かって、ニコリと応じてくれた。

そして、彼は興味深そうな顔つきで、僕の提げている段ボールの看板に視線を移してくれている。

「何をやっているんだね？」

想像以上に上品な口ぶりだ。

僕は必死になって、男性に向かって自分を売り込んだ。

「僕は普段、ホームレスとして活動してます！　15円払ってくれれば、どんな仕事でもやりますよ！」

「ほんとかね？」

男性の反応は、思いのほかいいぞ。

僕は彼の問いかけに、即座に
「はいっ！」

と応じた。

僕は声を張り上げた。

これはいけるぞ。

僕はそう確信した。

「本当に、なんでもしてくれるのか」

彼は念を押すように、僕にそう聞いた。

それに対し、僕は明るく「はい、なんでも」と応じた。

「あっ、ただ！　その日の夕ご飯だけはぜひ奢ってください！」

僕がそう言うと、男性は声を上げて笑いだした。

「キミ、いつもそんなことをしてるのかね」

「ええ。主にネット上で仕事を請けてます」

「大変だな」

「いいえ。それが結構楽しいんすよ」

いい感じだ。

会話が弾みだしてきたぞ。

ここで、僕は最後の一押しをした。

「何か、困ったことはありまへんか？」

僕がそう尋ねると、彼は明るい微笑みを返した。


その笑みは何や。

笑ってるだけじゃ、全然わからへんがな。

何か言うてくれ。

頼むから、言うてくれ！


「……そうだな～」

僕の念力が通じたのだろうか。

長い沈黙の後、彼はやっと口を開いた。

「実は私ね、困っていることがあってね」

男性はそう言って、自分の赤黒いスーツを正した。

「ただ、それをキミに依頼するかどうかで、ものすごく悩んでいてな」

めちゃくちゃ惜しいフェーズやないかい！

これは営業しがいのあるお客様やな～。

そう思い、僕は積極的に、自分を売り込んでいった。

「大丈夫っすよ！　僕はいつでも、大歓迎っす！」

「ほんとかね？」

「はいっ！」

僕は空元気を出して返事をした。

正直言うと、先月受けたチョコレート工場の勤務のおかげで、ひどくイヤになっていたのだが、ホームレスとして生き残るためには、そうは言っていられない。

僕は自分の気分とは裏腹に、めちゃくちゃ明るい表情を示す努力をした。

「それじゃあ、頼むとするか」

その言葉を聞いた瞬間、僕の頭の中にお花畑が咲き誇った。


やった〜！


僕は、そう叫びたくて仕方がなかった。

だが、僕はその強い衝動をグッと堪えて、クールにお礼の言葉を述べた。

「ありがとうございます。精いっぱい、働かせていただきますっ」

そう言って、僕は依頼主に手を差し出した。

すると、彼もそれに応じて、僕の手を強く握った。

「頼むよ、ホームレスくん」

「はいっ、任せといてください！」

「期待してるよ」

彼は、薄汚れた水色のジャンパーを着た僕の左腕に軽く手をのせてくれた。

僕はふと、神社の陰で見守っている、桂さんの方に目を向けた。

桂さんは、まるで天から見守っている仏様のようなおだやかな微笑みを浮かべていたのだった。

# 第六章　ホームレス、捜索依頼を受ける

今回の依頼内容は、とてつもなく大変な内容だった。

今までの仕事の内容もかなり過酷なものであったが、今回の仕事の内容は、15円の依頼にしてはとても重すぎる内容である。

なんと、僕は人生で初めて、捜索の仕事を任されたのだ。

多分、ほかの人の中でこんな経験ができるのは、警察官か私立探偵ぐらいだろう。

そんな大きな仕事を、たったの15円で引き受けるのだから、僕も僕でめちゃくちゃおかしい。

でも、フツー乗っかるっしょ？

何しろ、1週間分のご馳走を奢ってくれるのだから、この依頼を受けないわけにはいか

ない。

僕はその日の夜から、最高なベッドルームでお泊まりしている。

何しろ、今回の依頼内容は、それに見合った重い仕事だからだ。

言うなれば、この贅沢な宿泊は、過酷な捜索活動における前金のようなものなのだ。

今回の仕事内容は、この部屋の持ち主であるお金持ち・武本真一さんの娘さんを見つけ出すこと。

なんでも数日前から、その娘さんが行方知れずとなっている、というのだ。

それと同時に、娘さんの旅行で使うピンクのキャリーバッグもなくなっていた。

そのことから、どうやら彼女がそれを抱えながら、夜中にこっそりと家出をしたらしい。

スマホも携帯しているみたいだが、親御さんからの連絡はすべて無視されているらしい。

それらの情報は、みんな依頼主が雇っている執事が言っていたことだ。

「ねぇみんな。人捜しをするとしたら、どこから始める?」

僕はスマホの画面に向かって、そう問いかけた。

僕はＳＮＳのフォロワーさんによる知恵を借りて、彼女の居場所を一緒に推理してもらおうと試みた。

だが、それが全然アテにならない。

どういう冗談のつもりなのか、

『犯人はかっちゃん、お前だろ！』

とか、

「キャバクラで働いてるんだよ」

「ほかの男と駆け落ちしたに違いない」

などという、ほんとテキトーな回答しかしないフォロワーが、なんと多いことか。

『大喜利とちゃうで！　今僕は本気なんや。みんな、頼むよ』

僕が何度そう懇願しても、彼らの珍回答は止まる気配がない。

「今こそ出番だ、名探偵カツヒコ」

「自分で推理せい！」

「ワイたちに問いかけるだけ無駄無駄」

「自分の仕事は自分でしなさい」

ええかげんにしろ！

そう強くツッコミをしたかったが、一体誰に向けて行えばいいのかがわからないぐらい、カオスな状況になっていた。

これは明らかに誤算だった。

みんな、カンペキに他人事として楽しんでいるだけだ。

中にはちゃんと議論しようとしているフォロワーもちらほらいたけれど、ふざけ半分のコメントを打っているフォロワーの方が、圧倒的に多い。

「もうええわ！」

僕は急遽、ライブ配信を終了した。

もうこうなったら、自力で捜すしかない。

人に頼らず、フォロワーに依存せず、自分の手でお嬢さんを捜すしかないのだ。

こんな深刻な状況のプロセスを、とても写真撮影をして、ＳＮＳにアップする気分にはなれなかった。

何しろこれは、人の命がかかっているのだから。

もちろん、依頼主の武本さんは、警察にも密かに捜査を依頼している。「密かに」行ってもらうようにしているのは、武本さんの世間体を悪くしたくないことかららしい。

だから僕のようなフリーランスのホームレスにも、依頼先として白羽の矢が立ったのだろう。

僕が初日にやったことは、近所の家やマンション・飲食店などでの聞き取り調査だ。

お嬢さんがどういう性格で、どういう所へ行くタイプの女の子なのかを知りたかったからだ。

ところが現代の東京というのは本当に寂しいもので、僕が聞いてきた人の中でちゃんと答えられたのは、たったの数人だった。

その数人以外は、誰も彼女の顔も知らなければ、彼女が真一さんの娘さんであることも知らないでいた。

東京というのは、そんなに他人に興味がない街なのか?

そういえば東日本大震災直後に、都心部では、みんなトイレットペーパーや食べ物・日用品などの買い占めが行われていたらしい。

それはおそらく、東京の皆が自分のことにしか関心がないからだろう。

その話を聞いた当初は、都市伝説のように聞き流していた。

だが、今ならその背景も大きく頷ける。

これじゃ地震が起きた時に、食料の買い占めをしたくなるわけや。

僕は見知らぬマンションの玄関へ向かい、ドアベルを鳴らした。すると、その扉の向こうから、金髪のコギャルが出てきた。

僕が事情を話すと、彼女はボーッとした顔つきでこう応じたのだった。

「あかりねぇ〜。あの娘《こ》はとても、家出するような娘じゃないと思ってたんだけどね〜」

僕の目の前にいるこの金髪のコギャルは、まともに僕の方を見ずに、手元にあるスマホをいじりながらそう答えた。

彼女は自分のスマホに夢中になっていて、こちらにまともに目も向けてくれない。

それでも僕は、気さくな表情を保つように努めた。

「そうなんや。この子の親御さんがめちゃくちゃ心配してるんやけど、おたく、何かわからへんか?」

僕がそう聞くと、彼女はいまだにスマホを見つめたまま「さあね～」と返事した。

「あかりはウチの親友だったけど、もう何年も会ってないから～」

そのあっけらかんとした口調はなんや。

僕は憤りを感じたが、なんとかギリギリでこらえた。

「そうか……なら聞きたいんやけど、あかりちゃんだったらどこらへんに行くか、わからへんか？」

僕が彼女にそう聞いてみると、なぜか彼女は急に、目を丸くしだした。

「……さぁね～。私があかりだったら、京都にでも行くかもしれないね」

「京都？」

「そう」

「なんでや」

僕が問いかけると、コギャルちゃんは自分のスマホをいじるのをやめた。

「ＳＮＳで噂を聞いたんだけど、あかり、お父さんとケンカしてるらしいじゃん」

「ケンカ？」

「そっ」

軽々しく返事をする甲高い声。

僕は生意気なニュアンスを含ませたこの返事につい苛立ちを覚えたが、今一度冷静になるように努めた。


そういえば、僕はお嬢さんと依頼主が、ケンカをしてるなんて聞いてないぞ?

それはどういうことや。

依頼主の真一さんは、何か都合の悪いことを隠してる。

僕は彼女の言葉から、そのことをなんとなく直感した。

そこで、僕はあかりちゃんの親友と自称しているこのコギャルちゃんに聞き出すのを試みた。

「どんなケンカをしてるん、武本さん家《ち》」

「さあねぇ〜」

即答だった。

どうもこの生意気なコギャルちゃんから、うまく情報が聞き出せない……。

この子からちゃんと話を聞こうとするのだが、どうも鼻につく口調で、単純にムカつく。

なぜだ。なぜなんや！

もっと礼儀正しくせぃッ。


しばらくして、彼女はスマホの操作を再開した。

それを見て、僕は玄関口の表札の方へ視線を移した。

「キミは、結城さんっていうんやな？」

「そうよ？」

相変わらず自分の作業で忙しくしている彼女に向かって、丁寧に質問するように努めた。

「結城さんは今、一人で生活してるんか？」

僕がそう問いかけると、結城さんは「そうだけど？」と応じた。

「なんで？」

彼女の唐突な逆質問に、僕は一瞬戸惑ってしまった。

「な、なんでって」

「なんでウチのことを聞き出すのよ」

「いや、それは……」

僕は玄関隅にあるピンクのズックに目を向けた。

その靴の隣には、ピカピカの黒いパンプスがもう1足、綺麗に揃えてあったのが見えた。

「もしもし？」

目の前には、しかめっ面の結城さんがこっちの方をじっと睨んでいる。

「いやっ、なんでもないっす！　すみまへん！」

「これで聞きたいことは終わった？」

彼女はさらにイラついた口調で、僕にそう聞いてくる。

それに対し、僕はハッキリと「うん」と返事した。

「ありがとう。とりあえず、まずはあかりちゃんのお父さんに事情を聴いてみる！　また何かあったら、連絡してな」

そう言って、僕は結城さんに軽くお辞儀をした。

そして外の廊下を経て、エレベーターの方へ向かったのだった。


翌日。

僕は依頼主の武本真一さんのもとを訪ねるために、六本木ヒルズの最上階へ向かった。

目の前にあるのは美しいチョコレート色で艶のある木製のドア。

僕はその扉の前に立ち、インターフォンを押した。

インターフォン越しに聞こえてくる、低い声。

ロックが外れる音を確認して、僕は思いっきり、ドアの向こうにいる真一さんに向かって声をかけた。

「失礼しま〜す」

ドアノブをゆっくり引き、奥の方へ扉を押した。

するとそこには、今まで見てきた僕の世界観では想像もできなかった、異空間が広がっていた。

窓からは青い空と白い高層ビルを拝むことができ、クリーム色の壁や柱は、とても清潔感がある。

この光景はもはや、神の領域や！

その言葉通り、もはや神様しか拝めない、ばり貴重な風景やないかい！

毛足の長いふかふかの黒いカーペットにはゴミ一つ落ちていない。

このセンスのいいクリーム色の空間と黒の床のコントラストは何なんや。

めっちゃ居心地がいい！

そんな空間の中で、窓際のデスクに座っているのは、あの神社へ参拝しに来た時と全く同じ格好の、赤黒いスーツ姿の武本真一さんだ。

ただ、彼は自分の娘がいなくて寂しいからなのだろうか、さっきからずっと、街の風景を眺めていた。

「やあ。袴田くん」

武本さんはこちらの方へ振り向くなり、明るい口調でそう言った。

「どうしたんだね。娘の居場所が突き止められたのかな？」

彼の問いかけに対し、僕は小さく首を振った
「そうか。それは残念だ」

再び表情を曇らせた武本さんに向かって、僕は率直に聞いてみた。

「真一さん。娘さんと何か、ケンカしてたらしいやないですか」

真一さんの目は、こちらの方をぎょろっと睨む。

「……誰から聞いたのだね」

彼の重々しい口調に圧倒されかけるが、僕はその威厳に負けずに応じた。

「ご近所に住んでる、結城さんっていう女の子から聞きました」

僕がそう言うと、真一さんのキツい目つきは和らぎだした。

「なるほど……だったら、隠してもしょうがないな」

彼は大きくため息をつき、数秒の沈黙をしたのちに、自分の椅子の背もたれに、ゆっくりと体重を預けた。

「実はだね、袴田くん。私は、今やっている事業の跡取りに、すっごく悩んでいるのだよ」

「事業の跡取りに？」

「そう」

彼は再び、窓の方へ視線を向けた。

「私は、以前までは音楽アーティストとして活動していてね。メジャーデビューまでは果たせたんだが、正直その音楽だけでは食べていけなかった。それをきっかけに、中古のレコードを物販コーナーで売りだしたのだよ。その中古レコードの売り上げがなかなか良くてね」

「へぇ～、そうなんすか～」

「ああ」

（あれれ？　娘さんとのケンカの話はどこへ行ったん？　本題からかなりかけ離れてへんか⁇）

僕は内心そう思いかけたが、必死にその話をおもろがるよう努めた。

「へぇ～、おもろい！　じゃあ真一さんは、今はその中古レコードの物販をやられてるんすか」

「ところがそうじゃなくてね」

「ちゃうんかい！」

僕がそう強くツッコミを入れると、真一さんは声を上げて笑いだした。

「袴田くん。ひとの話は最後まで聞きなさい」

彼はそう言って、少し身を浮かせた。

そして彼は再び、鼠色の椅子の上に座り直した。

「私はね、それから中古レコードの通販をやるようになってね。今ではその通販の販路を生かして、ファッションブランドのＥＣモールを取り仕切っているのだよ」

「イーシーモール？」

「そう」

「なんすか、それ」

僕のあっけらかんとした問いに対して、苦しげに微笑む真一さん。

（スンマヘンな。僕、そういうのには疎いバカなんで！）

「ECモールっていうのは要するに、『ネットショップの商店街』のことだよ」

「ああ、な・る・ほ・ど～！」

一人で合点している僕を見て、真一さんは自分の話を続けた。

「そのECモールが今、かなり盛り上がっていてね。最初は個人ビジネスの延長で行っていたのだが、今やウチのECモールは、事業資産になっているのだよ」

「ほぉ～」

僕は真一さんの言っている意味が、よくわからなかった。

それでも、彼の言ってる口ぶりから察するに、よっぽどすごいことを成し遂げているであろうことはうかがえた。

僕の反応がすごく良かったからだろうか、真一さんはすっごく嬉しそうな表情になり、話に熱が入りだした。

「それでだね、私はＥＣモールの会社を起業したわけだ。そこまではよかったのだよ。ただ、あれから10年ほど経って、少々問題が起きてだね」

「どんな問題なんすか？」

「後継者だよ」

「後継者？」

僕がそうおうむ返しすると、真一さんは大きく頷いた。

「そう。私のＥＣモール『ＹＵＭＥ ＣＩＴＹ』を、これから先も維持管理してくれる後継者が、なかなか見つからないのだよ。ホント、どうしたものか」

「なるほど～」

「そこでだね、私はある日、娘に自分の心境を話したのだよ」

「えっ。どんなことを話したんすか」

僕は率直に、真一さんにそう聞いた。

真一さんはふと立ち上がり、デスクの向かい側にある、コーヒーマシンの方に歩んでいった。

「私の事業資産の、後継者となってほしいという話だよ」

「ええっ？」

僕はつい、聞き返してしまった。

彼はとつとつと、自分の悩みを吐露した。

「あかりがウチの事業の跡取りとなるように、薦めてみたんだ。すると、この有様だ」

（そりゃそうやろ〜）

僕の心のつぶやきを遮って、真一さんは真剣な表情で僕を見つめた。

「袴田くん。私は何か、悪いことをしたのだろうか……？」

そう聞いてきた真一さんに、僕はすかさず応じた。

「あの……そりゃね、真一さん。これはいくらなんでもキツイっすよ」

「『キツイ』とは？」

真一さんの問いかけに対して、僕は間髪入れずに答えた。

「あかりちゃんがかわいそうっすよ」

「なに？」

僕は真一さんの声にひるみそうになるが、僕の抱いている持論を展開した。

「いや、逆の立場になって考えてみてくださいよ。もし武本さんのご両親から、『自分のやりたいことをやるな』って否定されたら、あなた怒りまへんか？」

「それは……」

「怒るでしょ？」

僕がそう聞くと、真一さんはどうも解せない様子であった。

「まぁ〜、怒るかもしれないけど。世の中はそんなに甘くないのだよ」

「どういうことっすか」

僕の問いを聞くなり、真一さんは自分の白いデスクの上に肘を置き、頬杖をついた。

「いいかい、袴田くん。世の中の人はね、主に２つの種類に分けられるんだよ。それがなんだかわかるかね？」

「いいえ。何なんすか？」

「自分の好きなことでうまくやっている人と、そうでない人という2種類だよ。たとえば、スマートフォンを生み出したスティーブ・ジョブズのような人間は、自分の好きなモノを組み合わせて仕事をつくった。だけど一方で、好き嫌いにかかわらず生活のために仕事をしている人間もいる」

「いや、それは……」

僕がそう言いかけた瞬間を完全に遮って、真一さんはまだ話を続ける。

「もしも彼らが自分の好きなことでやっていけたら、好きでもない面倒な仕事をやる人なんていないだろう。割の合わない低所得の仕事に就いている人間は、それでも彼らは続けるんだ。なんでかわかるか?」

「いや、正直わかんないっす」

「社会が求めているからだよ。世の中のあらゆる仕事が成り立っているのは、みんな自分が好きなことをやりたいからやっているのではない。世の中の人間が求めている仕事だからやるんだ。順番が逆なのだよ、袴田くん」

「しかし、真一さん……」

僕が口答えしようとすると、真一さんはまるで苛立ちを覚えたような様子で、肘をついていたデスクの上を勢いよく、平手で叩きだした。

「これも娘のためなのだよ。娘にはそのことを深く、理解してもらわなきゃダメなのだよ」

真一さんの必死な様子に、僕はただ小さく、「な・る・ほ・ど～」とつぶやくことしかできなかった。

だけど、僕は左手でゆっくりと口を覆いながら、目線を真一さんの方に向けた。

「……お気持ちはわかりました。真一さんとしても、それほど娘さんのことを思ったゆえの、一つの愛情なんだと思います。ただ、一つだけ言わせてください。真一さん。あなたはやさしくありません」

「何だって？」

真一さんの威圧に負けじと、僕は自分の主張を続けた。

「多分真一さんは、娘さんが就職先に困らないように自分の事業の跡取りを検討していたのでしょうけれど、本人にとっては負担だと思うんです。ＥＣモール事業って、要するに全国にある、ネット上の店舗を管理する仕事なんすよね？　そういう仕事って、責任が重いじゃないすか。そんな責任のある仕事を、自分の娘さんに本当にやらせたいんすか？」

僕がそう言うと、真一さんはクリーム色の天井に向かって、大きなため息をついた。

「『やらせたい』『やらせたくない』の世界じゃないんだ。今の社会は、『生きるか』『死ぬか』の世界なんだ」

「それじゃあ真一さんは、『総理大臣の仕事をやれ』と言われたら、やり切れるんすか？」

「どういう意味だね」

重厚な口調で聞き返す真一さんに対して、僕は丁寧に説明した。

「真一さんが起業したネットショップ事業を、娘さんが引き継ぐわけなんでしょう？　そんなの、もはや『総理大臣になれ』と言うてるようなものやないすか。総理大臣は普通の人がなれるものやないですし、よっぽど頭が良くて、責任感が強い人間にしかなれないでしょ？　それと同じっすよ！　たとえ就職先の候補として提案しただけやとしても、あかんと思います。いろんな職業から好きに選べる中で、娘さんに事業の跡取りを強制するのは良くないっすよ」

「いや、強制はしてないのだよ。あくまで私は、薦めただけだよ」

「いやいやいやいやいや、それでもキツいっすよ」

「そういうものかね」

「そりゃそうでしょう」

僕は声を張り上げすぎて、つい喉を嗄らしてしまった。

だが、僕はそんなことを気にも留めずに、自分の言いたいことを思いっきり言った。

「人間は、本来は自由な生き物でしょっ！　自分の好きなことで生きていって、何が悪いんすか！」

僕の必死な想いが、やっと伝わったのだろう。

彼の両目にはうっすらと、涙が浮き出てきた。

「それも、そうだな……」

武本さんはようやく、自分の犯した過ちに気づくことができたのだろう。

彼は小さくつぶやくように、何度も「確かに……」と応じてくれた。

武本さんのキリッとした厳しい両目からは、ついに大粒の涙がこぼれ落ちてしまった。

「あかりは今、どこにいるんだ……。今すぐにでも謝りたい！」

「武本さん……」

僕は武本さんの男泣きを、ただじっと見守ることしかできなかった。

★　★　★

（さて、今日も捜すとするか！）

正直、もうここから逃げ出したくなるぐらい、僕はしんどく感じていた。

けれど、この仕事をほったらかしてしまったら、武本さんやあかりちゃんにも申し訳ないし、何より僕の信用が落ちてしまう。

一度いただいた仕事は、しっかりとやり切らなければ面目が立たない。

だからこそ、僕はがんばるしかないのだ。


捜索活動をしてから、もう4日も経ってる。

それにしても、ただの親に対する反抗にしては、家出の時間が長すぎだ。

親を不安にさせるのもいいかげんにせぇや。

「ああ〜、もう！」

考えるだけでイライラしてきた。

僕は、誰もいない六本木ヒルズのエレベーターの中で、自らの苛立ちを足踏みで紛らわそうとした。

開かれる扉。

モダンで豪華な、1階出入り口に到着した。

僕はさっさと早足で、エレベーターを出た。

そして、僕はヒルズの豪華な商業施設たちをあっさりと素通りして外へ出たのだった。

東京の街中は、相変わらず華やかだ。

そしてビルが高い。

おかげで地上から見える空は小さいし、日陰が多くて困っちゃう。

僕はもらいものの青い手袋を身につけて、その青い両手に温かな息を吹きかけた。

「はあ〜。今日は、どこを捜せばいいんや……」

僕の頭の中は、とにかくあかりちゃんの捜索のことでいっぱいだ。

キレイな女の子が僕の前を素通りしても、僕には全然見惚れる余裕はなかった。

普段の僕ならば、今頃その女性の顔と胸部、そしてヒップを見つめて、いやらしいことばかりを考えていただろう。

だが、今の僕は心底、そんなことには関心がなかった。

今の僕は、大きな任務を任されているのだから。


「んんッ⁉」

僕は自分の目を疑った。

夢ではない。

僕の目の前にいるその女の子はまさに、あのあかりちゃんやないかい！
武本さんから預かっている写真の通りだ。
彼女は、若干パーマのかかった長い黒髪に、赤い帽子を深くかぶっている。
華奢な身体の輪郭も、写真に写っている彼女の雰囲気と非常によく似ている。
間違いない。
彼女は、武本あかりちゃん本人だ！

# 第七章　ホームレス、行方不明者を見つける！

僕はポケットからスマホを取り出し、真一さんの電話にダイヤルした。

リングトーンが3、4回ほど続いたが、通話の発信をしてから数秒したのちに、受話器が取られた。

「もしもし、武本です」

「あっ、もしもし！　袴田です！」

「ああ、袴田くん。どうしたんだね」

真一さんの問いかけに対し、僕は受話器に向けてささやいた。

「はいっ！　今僕の目の前に、あかりちゃんがいるんすよ！」

「ほんとかね!?」

受話器から響く彼の声は、僕の頭の中をガンガンに駆け巡った。

「今、あかりはどこにいるんだ⁉」

「六本木ヒルズの近くにいます。あっ、今コンビニの方に入っていきました！」

「袴田くん、すまないがもう少し尾行を続けてくれないか。今そっちへ向かう」

受話器から聞こえる真一さんの声は、とっても嬉しそうな様子だ。

「わかりました！　また進展があったら、すぐ連絡します！」

「頼んだよ」

「はいっ！」

僕はスマホの通話を切る。

そして彼女が入っていったコンビニエンスストアに、僕も恐る恐る入っていった。


「いらっしゃいませ～」

明るいコンビニ店員の声が、僕に向かって発せられた。

僕はその声を無視して、白い店の中を見渡す。

すると、あかりちゃんはコンビニの隅にある冷蔵商品棚の前で、サンドイッチを選びとっていた。

だが、僕の視線を感じたのだろうか。

彼女はこちらの方へ顔を向けている。

「あかんあかんっ！　どっか隠れなきゃ……！」

僕は不意に、そばの雑誌の置かれているラックに身を移し、一般客のふりをした。

そして、僕はふと彼女の方へ振り向いて一瞥した。


なんだが、あかりちゃんの表情がゆがんでる……。

どうしたんやろ？


その理由が、前へ向き直ってからハッキリとわかった。

なんと僕の目の前には、成人向け雑誌が並べられていたのだ！

(あっか～ん！　これ誤解されちゃうパターンやん！)

僕はすぐさま、右隣の漫画雑誌のラックへ身を移した。

「ありがとうございました～」

彼女のレジでの決済が、もう終わったらしい。

僕がふと入り口の方へ顔を向けると、あかりちゃんはサンドイッチを持ってコンビニを出ようとしているところだった。

「はやっ！　カード決済やったんか？」

そんな独り言をつぶやいている間に、彼女の姿を見失ってしまった。

「あっ！　まずいまずいまずい！」

僕は急いで、コンビニの外へ出たのだった。

すると、どうだろう。

コンビニの向こうには、なんと彼女・武本あかりちゃん本人が、仁王立ちしているではないか。

あかん。

これはあかんやつや。

そう思った瞬間に、彼女は僕に向かって、言葉を発した。

「あの〜……」

その可愛らしい声に、僕は心臓を撃ち抜かれた。

これはカンゼンに、「不審者・決定」パターンや。

それでも、なんとかしてはぐらかすしかない！

「な、なんすか？　僕に何か、用っすか？」

本当はこちらの方から用があるのに、よくもまぁ、そんなことを言えたものだ。

巧みに演技をする自分自身を褒めてやりたい！

僕がそう尋ねると、彼女はいきなり僕に急接近してきた。

「袴田勝彦さんですよね？」

その言葉には意表を突かれた。

あまりの意外な展開に、内心腰を抜かしそうになる。

「そ、そうっすけど……。なんで知ってるんすか」

僕がそう聞くと、彼女は嬉しそうに笑った。

「やっぱり！　袴田さんだ！　ホームレスの袴田さん！」

僕の質問に、まともに答えてない。

そんなツッコミも入れたくなったが、その思いを隅に置くようにした。

「マジすか！　僕のことをそこまで知ってるんすね！」

「はい！」

あかりちゃんはめちゃくちゃ嬉しそうに、僕の顔をじっと見つめた。

「袴田さんはいつも、ネットで話題になってますよ。多分世界で一番有名なホームレスさんですよ、袴田さんは」

ま、そりゃそうやろうな。

僕がやっている活動は、ほかのホームレスには到底マネできないことやから。

「袴田さん。最近はどんなことをしてるんですか？　あれからあんまり、発信してないですよね？」

「ああ、それは……」

よかった！　幸い、彼女は僕の最後のライブ配信を見逃していたようだ。

だが、まさか僕が、あかりちゃんを捜していた、とでも言うてみい。

彼女は僕を見る目を変えて、途端に逃げ出すやろう。

つまり、今こそが彼女の事情を聞く、絶好のチャンスなんや。

僕はふとそう悟り、慎重に言葉を選んで言った。

「実はな、僕。ある秘密のプロジェクトに加わっててな」

「えっ⁉　秘密のプロジェクトですか？」

「そうや」

「すごい！　ホームレスが秘密のプロジェクトに参加するなんて」

嘘はついてない。

僕が今やっている依頼内容は、真一さんから極秘に行うように言われている仕事なのだから。

「どんなプロジェクトなんですか？」

彼女のそのボケっぷりに、僕はずっこけてしまった。

「やから、『秘密』って言うてるやないかい！」

僕がそう強くツッコミの言葉を入れると、彼女はキャッキャと笑いながら両手を叩いた。

「すごい、まるで漫才みたい！」

「阿呆。これ漫才とちゃうで！」

そんなくだらないやり取りをしているうちに、僕たちはマエカワマンションの扉の前へたどり着いていた。

どうやら、ここが彼女の隠れて泊まっている所らしい。


……あれ？

この玄関の扉、いつか前に見たことがあるぞ？


「どうかしました、袴田さん？」

心配そうに見つめているあかりちゃんに向かって、僕は首を振った。

「いやぁ、なんでもないすよ。中に入っていいんすか？」

「もちろん！」

彼女の表情は、とっても嬉しそうな様子だ。

よっぽど僕のファンなのだろうか。

だとしたら、これほど絶好の機会はない。

このように彼女の懐に入り込んでいって、なんとしても、父親と和解してもらわなければばアカン。

そういう熱い決意を胸に秘めながら、僕は玄関の戸口へ恐る恐る近づいていく。

「お邪魔しま〜す」

僕はゆっくりと恭しく、玄関の中へ入っていった。

このピンク一面に染まっているファンシーな玄関は、間違いない。

僕が一度、伺ったことのある玄関口だ。


「おかえり〜」

案の定、この部屋の主は、あの女の子だった。

色白な顔に厚化粧、赤い口紅。

耳にはキラッキラのピアスがつけられている、ギャルの女の子。

「さつき、ただいま〜」

さつきさんはあかりちゃんに軽くハグをして、彼女の頭をよしよしと撫でた。


やっぱりそうだったのか。

この家の主は、あの武本あかりちゃんの親友と自称していた、結城さつきだ。

道理で、彼女は妙に、あかりちゃんの事情に詳しかったわけだ。

これじゃあ、どれだけ大人が手分けして捜しても、無駄なのは当たり前だ。

なぜなら、さつきさんがあかりちゃんを自分の家に匿っておいて、警察の捜査には嘘をつき続ければ、巧みにあかりちゃんの姿を隠すことができるのだから。

それにしてもホント、東京の近所付き合いって薄いものなんやな～。

いくら東京にはいろんな人がいるとしても、近所のコンビニや飲食店あたりやったら、あかりちゃんの姿ぐらい覚えられてもいいだろうに……。

そういう東京人の絆の薄さを、ホント痛感させられる。

「いつから匿ってたんや」

「2週間前からよ」

相変わらずさつきさんは、僕に対する視線が非常に冷たかった。

「あかりが家出したっていうツイートを見かけたから」

「そうやったんか」

「うん」

僕はさつきさんに抱擁されている、あかりちゃんの方に目をやった。

「あかりちゃんは、どうして家出をしてるん？　よかったら、話してくれへんか」

僕がそうあかりちゃんに問いかけると、彼女は急に口をつぐみだした。

「ダメか？」

あかりちゃんは小さく頷いた。

「そうか……」

あかりちゃんは、部屋の奥の方へ消えていってしまった。

「あかりちゃん」

「ほっといてやって」

僕はさつきさんのその言葉に、沈黙で応じるしかなかった。

「……なんでこういう展開になったんや」

「さあね」

さつきさんは玄関の扉を施錠して、部屋の奥へ行った。

僕は彼女の後をついていき、さらに彼女に事情を尋ねようとした。

「こんなことをいつまでも続けるわけにはいかないやろ。親御さんも困ってるんとちゃうか？」

「そこのところは心配ないわ。あたしの家の両親は別の家に住んでるし、お金は親からの仕送りでなんとかなってるから」

「そういう問題やなくて……」

「じゃあ、どういう問題なわけ？」


なんでこの子は、こんなに堂々としてられるんや。

あかりちゃんのお父さんは、本気であかりちゃんのことを心配してるんやで？

そんなあかりちゃんのために、まわりの大人がどれだけ必死に動いているのか、想像したことあるか？

僕はそう言いたくてたまらなかったが、その怒りを向けてしまうと余計に距離を置かれてしまいそうな気がして、つい黙り込んでしまうのだった。

その時だった。

ピンポーン。

玄関のドアベルが、部屋の奥に鳴り響いた。

「こんな朝から誰なの？」

僕をのけて、さつきさんは扉についている玄関のドアアイを見つめだす。

すると、彼女の表情は一変した。

「げ。マジで？　あかりのお父さんがいるじゃん」

「えっ？」

僕は心底、虚を突かれてしまった。

そういえば、僕があかりちゃんを見つけてから真一さんに通報していたことを、何を隠そう、僕自身がすっかり忘れていたのだ。

さつきさんはひどく険しい表情で、キッと僕の方を睨みつけてきた。

「あんた。まさか、チクった？」

彼女のきつい問いかけに、僕は両手で制して応じた。

「ちゃうちゃう！　僕はここのことは伝えてへんで！」

「ホントに？」

「せや！」

嘘はついてない。

僕は武本さんに、あかりちゃんが近くにいることは伝えた。

だが、彼女がこのさつきさんの家で、匿われていることは伝えていない。

僕は悪くない！

彼女は、しばらく僕を睨み続けていたが、頭をかきながら玄関の方へ視線を移した。

「中へ入ってて」

そう言って、さつきさんは僕の腕を引っ張り、ポンッと部屋の奥へ乱暴に押しやった。

★　★　★

洋風の部屋ではあるが、やはりギャルの女の子が好みそうな、チャラチャラした部屋だった。

クリーム色の壁と木の柱による上品な造りになっているかと思えば、ダイニングルームのそばにはピンク色の小さなテレビとノートパソコンが置かれており、そして天井には、見るからに高価なペンダントが吊るされていた。

そして、居間には真っ白なソファーにゆったりと座っている、あかりちゃんの姿があった。

「隣に、座っていいん？」

僕の言葉に対して、彼女は小さく頷いてくれた。

「おおきに。それじゃ、失礼します」

そう言って、僕は彼女のそばに腰掛けた。

とてつもなく、長い沈黙が続く。

僕が座りだしてから、もう2、3分は経っているはずだ。

何か話しかけてくれへんかな。

僕はそう思い、ふと彼女の顔をうかがってみた。

すると彼女の表情は、どうもこわばった様子であった。

「どうかしたんか？」

僕がそう聞いても、彼女は一向に振り向かない。

どうやら、よっぽど玄関の向こうにいる父親のことが、気になって仕方がないようだ。

「大丈夫か？」

「……うん」

やっと応えてくれた。

僕は彼女の返事を聞いて、内心ほっとした。

「あかりちゃん。今からでも遅かない。お父さんのもとへ、帰るつもりはないか？」

僕のその問いかけに対しては、彼女は首を横に振った。

「なんでや」

僕はそう聞いて、事の核心を探ろうと試みた。

すると彼女は、まんまと僕の話術にハマってくれた。

「実は私……夢があるんです」

「夢？」

「はい」

そう応じて、彼女は白いソファーの上で姿勢を改めだした。

「ミュージシャンになりたいんです」

「ミュージシャンに？」

「はいっ」

こんなにキラキラした目を見つめたのは、生まれて初めてだ。

彼女の目はまるで、ダイヤモンドのように輝いていて、とってもキレイだった。

「私、小さい時からずっと、ミュージシャンとして舞台に立つことが夢だったんです。さっきと一緒に紅白へ出て、世界中の人に私たちの音楽を届けたい。だけど、パパは全然応援してくれなくて。それで……」

「それで、家出したんか」

僕の問いかけに対し、あかりちゃんはゆっくりと頷いた。

「なるほどなぁ～。そういう理由だったのか～」

これは、何と言ってやればいいのだろうか。

真一さんの肩を持って、この娘さんを説得するべきか。

それとも、あかりちゃんの味方になって真一さんを敵に回すか。

どっちの方がいいんやろ～。


「ウソつき！」

女性の甲高い声が、玄関から響いてきた。

どうやら、さつきさんはインターフォン越しに、僕と真一さんとの関係性を本人から聞いてしまったらしい。

彼女の声は、凄まじいほどの怒りを帯びていた。

玄関の方から急に、ものすごい足音が近づいてきた。

「袴田さん！　これはどういうことよ！」

僕は不意に立ち上がり、さつきさんをなだめるよう努めた。

「いっ、いや！　僕はただ、真一さんからあかりちゃんを家へ連れ戻すのを依頼されただけやねん」

「出ていって！」

彼女は僕の左耳を強くつかんだ。僕は部屋の外に追い出された。

なんとかせな！

しかし、僕がそう思った時には、もはや手遅れだった。

「出ていってよ！　ひとの問題に口出ししないで！」

さつきさんの目つきには、殺意がみなぎっていた。

彼女はマニキュアで彩られたピンクの爪を立てて、僕の顔を引っ掻いてきた。

「痛いっ！　やめいっ、やめてくれ！」

僕はさつきさんの攻撃のせいで、玄関口の方へ追いやられていく。

(ちくしょ〜。あと少しで、任務が完了するところやっちゅうのに！)

現状が苦しいのは重々承知してはいるが、僕は諦めるわけにはいかなかった。

ここで引き下がったら、１週間も豪華な食事を用意してくれた真一さんに、とても顔向けができない。

今この状況で素直に家を出ていったら、ゼッタイいい方向に進むわけがない。

僕だけでなく、真一さんやあかりちゃんたちにとっても、絶対後悔する展開になるに決まってる。

「出ていって！」

さつきさんのその言葉を無視して、僕はなんとか、その場を落ち着かせようと努力した。

「ちょっと待てい！　一度話し合おうや。あんたら、ミュージシャンになるんやろ?」

その言葉を聞いた途端、さつきさんの動きはピタッと止まった。

そして、彼女は自分の後ろでひっそりと見守っているあかりちゃんの方に目をやった。

「あかり。この人に話したの?」

あかりちゃんは目をそらしつつも、小さく頷いた。

「どうして」

「わかんない。……でも、このままじゃいけないって思って」

「あかり」

さつきさんがそう言うと、あかりちゃんは僕のいる方に、ゆっくりと歩み寄ってきた。

「パパ。まだ扉の前にいる?」

すると、扉越しに真一さんの声が聞こえてきた。

「ああ、いるよ！　すまなかった、あかり！　父さんが悪かった。お願いだ、あかり。一度直接、話をさせてくれ」

「ふざけないでよ」

あかりちゃんの一言には、怒りと共に、悲しみのニュアンスも含まれていた。

「パパはいっつも、仕事のことで頭がいっぱいだったじゃない。私、家出する前に、よく話してたでしょ？　夢のこととか、将来のこととか。なのにパパは、自分のビジネスと理想ばっかり押し付けて……」

「あかり……」

彼女はチェーンで止められた扉を少し開けた。

「帰って！」

ガシャーンッ！

力強く閉められた扉の音は、けたたましく玄関中に響いた。

★　★　★

せっかくあと少しのところやというのに、どうして親子というのはわかり合えないものなのやろうか。

　いや、正確には、親子だからこそわかり合えないのかもしれない。

　事実、僕自身も両親の反対を押し切って、東京までやってきている。

　僕が親の言う通りにしていたら、芸人にならなかったし、このホームレス活動にもつながらなかった。

　だからこそ、あかりちゃんの気持ちは痛いほどわかった。

　しかし、だからといって、このまま僕が引き下がるべき案件でもないだろう。

「あかりちゃん。これでええんか」

　僕は震えた声で、彼女にそう聞いた。

「あかりちゃんの望みは、親と離れて生活することなんか？　ちゃうやろ？　あかりちゃんは夢を持ってるんや。まずはそれを素直に伝えて、お父さんに納得してもらうように、交渉するのがええんちゃうの？」

　僕がやさしくそう問いかけてみると、あかりちゃんの代わりに、後ろに控えているさつきさんが応じた。

「ちゃんと話したよ。それでもあかりのパパは、全然聞き入れてくれなかったのよ」

「なんでや」

「知らないわよ！」

さつきさんも急に逆上してしまい、僕に食ってかかるような口調でたたみかけた。

「どうせウチらの夢を、応援したくないんじゃないの？『アーティストで生きていくのは大変だ』とか、『夢は全部叶うものじゃない』って言ってたもんね」

「そんなこと言われたんか」

「そうよ、あかりのパパにね！」

それを知った途端、僕は心底、深いため息をつきたくなった。

親心とは、そういうものなのだろうか。

普通、子供に夢と希望を与えるのが親の務めというものやろ。

なのに真一さんは……。身勝手にも程がある！

自分はアーティストの経験を積んでメジャーデビューを果たしたくせに、子供にはその音楽家の夢を叶えさせないんか。

真一さんの想いにもひどくイラつかされたが、もっと僕自身の心を苛立たせたものがある。

「なんで親を説得できないんや」

「えっ？」

虚をつかれた表情の二人に向かって、僕は単刀直入に、自分の思ったことを話した。

「なんでそんなに強い夢を持ってるのに、親を説得できないんや。おかしいやろ」

「そんな」

何か言いかけようとするさつきさんと、傍らに突っ立っているあかりちゃんに向かって、僕は自分の主張を押し通す。

「そんなに強い夢を持ってるんやったら、親を説得せえや。キミらの夢が本気やったらな、普通はどんな親も喜んで応援してくれるもんやで」

じっと睨み続けている彼女たちの視線が怖かったが、僕は立て続けに話した。

「本気でミュージシャンになりたいんやったら、親を説得しなはれ！　キミらの夢って、親に潰されるほどちっぽけなものなんか！」

「わかってるよ！」

ようやく、あかりちゃんが口を開きだした。

「パパはわからず屋だもの！　いつも自分のことしか考えてないのよ」

「そうなんか？」

「そうなの！」

彼女はあまりに感情的になっていて、声を上擦らせた。

「パパはいつもそう。私が必死に話しかけても、パパは全然話を聞いてくれなかった！」

彼女の悲痛な叫びに、僕は小さく「そうか……」と応じざるを得なかった。

「それは、辛かったな。辛かったよな……」

僕がそう耳を傾けだすと、彼女の目から、ツーッと涙がこぼれ落ちた。

「確かに、家族が話を聞いてくれないでいたら、僕もあかりちゃんと同じ行動を、取ってたかもしれへんな」

そう言って、僕はしばらく考え込むが、やはり僕の結論は変わらなかった。

「……でも、それでええんか？　このままパパを拒否し続けて、この家に居候していくんか？　それでええの？」

「………」

あかりちゃんはしばらく黙りこくったが、俯いた表情で「わからないよ……」とつぶやいた。

「わからないよ……もう、どうすればいいのか、よくわかんない！」

そう言って、彼女はさつきさんの寝室へ駆け込んでいく。

『あかり！」

あかりちゃんを心配して、さつきさんも部屋の中に入っていった。

僕もゆっくりと、そんな二人の後をついていくのだった。


あかりちゃんは、ハートがいっぱい描かれていた桃色のベッドカバーの上で、静かに泣き伏していた。

さつきさんはあかりちゃんの方へ駆け寄り、やさしく彼女の背中をさする。

『どうしよう。さつき、どうしよう……」

「大丈夫よ。私がついてるから。ここに居続けていいよ」

「でも……」

「お父さんのことは、気にすることないわよ。無視しちゃえばいいの」

「それでええんか？」

僕は、つい二人の話に、無理やり割って入りだした。

さつきさんはいかにも「空気を読めよ」と言わんばかりの、キツい視線を向けてくる。

だが、僕はひるまなかった。

「今のままじゃずっと、パパとわかり合えないままで終わっちまうで。それでええんか」

「うるさい」

あかりちゃんは布団に顔を埋めるのをやめて、涙でぐちゃぐちゃな顔を、僕に向けた。

「部外者は黙ってて」

僕は一瞬言葉を詰まらせたが、彼女の要求を聞き入れなかった。

「……よく考えてみいや。パパはな、キミを見つけるために、あちこち捜し回ってたんやで。パパだけやない。警察も動かして、この1週間必死に捜索してたんや。少しは親御さんの身になってみても、ええんやないの？」

意外なことを言われて、僕の言葉が響いたのだろう。

あかりちゃんとさつきさんはなんの反論もできずに、ただじっとこっちを見つめている。

「確かに、僕は部外者や。正直言えば、キミらがアーティストを目指そうが、あかりちゃんが親と別居しようが、どうでもええ。ただな、これだけは言わせてくれ」

僕は一歩踏み出して、あかりちゃんとの距離を縮めた。

「僕はな、あかりちゃん。あかりちゃんを連れ戻したいんやない。助けたいんや！」

「……え？」

「僕は、キミの幸せを一番願ってるんや。あかりちゃんが一番やりたい夢を応援したいし、あかりちゃんの生きていきたい道を、全力でサポートしたいんや。そのために、僕はここにいると思うてる」

僕はゆっくりと、その場であぐらをかいた。

「聴かせてくれ」

あかりちゃんは驚いた表情で、「えっ？」と応じた。

「あかりちゃんたちの歌を、ここで聴かせてくれへんか？」

僕がそう尋ねると、二人は途端に、嬉しそうな表情になった。


彼女たちは、伴奏だけ録音した自前のＣＤをかけて、僕の前で歌を披露してくれた。

最初は「近所迷惑にならないか」と一瞬不安な気持ちがよぎったが、彼女たちの堂々とした様子を見て、その心配はないのだろうと悟った。

何しろ、ここは六本木の高級マンション。

そこらの安物のマンションとは違うんや。

防音を考えた設計をされているだろう。


彼女たちは、まるで天使のような歌声であった。

やさしく語りかける温かな言葉たち。

彼女たちが歌う歌詞の内容も、女子の日常と夢、そして純情を描いた、素晴らしい内容である。

彼女たちの歌声は、お金があるならばまさに投げ銭をしたくなるほどの、素晴らしい出来であった。

僕は歌のプロではないからよくわからなかったが、これは自己満足のカラオケとは一線を画していた。

僕の想像を、はるかに超えていた。


歌が終わった瞬間、僕は思わず拍手をしてしまった。

「めちゃくちゃええやん！　サイコー！」

僕がそう讃えると、彼女たちはとても嬉しそうに頬を赤らめた。

そして、あかりちゃんとさつきさんは、深々とお辞儀をした。

「ありがとう！　すっごく嬉しい」

あかりちゃんはそう言って、満面の笑みを浮かべた。

そんな彼女の幸せそうな笑顔を見て、僕は一つの決心を固めた。

「決めたっ！　僕、真一さんを説得したるわ」

「えっ？」

あかりちゃんは驚いた表情で、こちらを見つめる。

「ほんとに？」

「ああ、本当や」

僕はあかりちゃんに向かって、親指を立てた。

「キミらの夢を、みすみす潰すのは惜しいっ！　全力でサポートするで！」

「……ありがとう。ありがとう！」

二人の目は、嬉し涙でいっぱいになっていた。

★
★
★

その日、真一さんとあかりちゃんとの話し合いの場を僕が設けた。

我ながら、いい仕事をしたもんや。

最初は、真一さんは愛娘の将来のことばかり心配していた様子だったが、僕が強くあかりちゃんたちの高い才能を賞賛したことによって、見る目が少し変わったらしい。

結果的に、真一さんはあかりちゃんの夢を優先する話をするようになり、あかりちゃんは六本木ヒルズの自宅へ戻ることになった。

そして真一さんは、自分の娘の夢を応援するようになったのだ。

いやぁ〜、よかった！

ここまでたどり着くのに、本当に苦労した。

彼女が今通っている大学についてどうするのか。

将来の収入源はどうするのか。

もしもミュージシャンとして成功しなかったらどうするのか。

料金受取人払郵便

新宿局承認

7553

差出有効期間
2024年1月
31日まで
（切手不要）

郵便はがき

160-8791

141

東京都新宿区新宿1－10－1
(株)文芸社
愛読者カード係 行

| | | | |
|---|---|---|---|
| お名前《ふりがな》 | | 明治 大正<br>昭和 平成 | 年生　歳 |
| ご住所《ふりがな》 | □□□-□□□□ | | 性別<br>男・女 |
| お電話番号 | （書籍ご注文の際に必要です） | ご職業 | |
| E-mail | | | |
| ご購読雑誌（複数可） | | ご購読新聞 | 新聞 |

最近読んでおもしろかった本や今後、とりあげてほしいテーマをお教えください。

ご自分の研究成果や経験、お考え等を出版してみたいというお気持ちはありますか。

ある　　ない　　内容・テーマ（　　　　　　　　　　　　）

現在完成した作品をお持ちですか。

ある　　ない　　ジャンル・原稿量（　　　　　　　　　　　　）

| | | | |
|---|---|---|---|
| 書　名 | | | |
| お買上<br>書　店 | 都道　　　　市区<br>府県　　　　郡 | 書店名 | 書店 |
| | | ご購入日 | 年　　月　　日 |

本書をどこでお知りになりましたか?

1.書店店頭　2.知人にすすめられて　3.インターネット(サイト名　　　　)

4.DMハガキ　5.広告、記事を見て(新聞、雑誌名　　　　)

上の質問に関連して、ご購入の決め手となったのは?

1.タイトル　2.著者　3.内容　4.カバーデザイン　5.帯

その他ご自由にお書きください。

(　　　　)

本書についてのご意見、ご感想をお聞かせください。

①内容について

②カバー、タイトル、帯について

弊社Webサイトからもご意見、ご感想をお寄せいただけます。

ご協力ありがとうございました。

※お寄せいただいたご意見、ご感想は新聞広告等で匿名にて使わせていただくことがあります。

※お客様の個人情報は、小社からの連絡のみに使用します。社外に提供することは一切ありません。

■書籍のご注文は、お近くの書店または、ブックサービス(0120-29-9625)、セブンネットショッピング(http://7net.omni7.jp/)にお申し込み下さい。

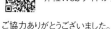

心配性な真一さんは、矢継ぎ早にあかりちゃんに質問をし続けた。

だが、それも僕の全力のフォローによって、真一さんの心配が少しは和らいだようだ。

結局、彼女は大学を中退して、音楽活動に専念するようだ。

そして、あかりちゃんはバイト生活をしつつ、さつきさんと一緒にメジャーデビューへ向けて、東京のライブハウスに出続けるらしい。


これでなんとか、一件落着となったのだ。

# 第八章　ホームレスの指切り

真一さんからいただだいた高評価のショップレビューのおかげで、僕の仕事はどんどん舞い込んできた。

農業やスーパーの店員、大工の雑用、カウンセリング、鬼ごっこの相手まで。

本当に、いろんな依頼を受けてきた。

それらの依頼者による口コミがネット上で話題を呼び、僕はいつもご飯を奢ってもらってばかりの生活を送ることになったのだ。


もう、ホームレス、サイコー！

以前の僕は、かつて鎌田興行の専属芸人として、ほぼ安定的に仕事をもらっていた立場だった。

その生活こそが正義やと思ってたし、人気者になればすぐ勝ち組になれるとさえ錯覚してた。

しかし今は違う。

今の僕は、以前の僕にはなかったものを持っている。

それは人脈だ。

僕が困った時には、また彼らを頼ればいい。

お金を稼ぐ手段は全くもってないけれど、彼らにご飯を奢ってもらう手段は身につけている。

収入以上の、立派な仕事をやればいいのだ。

僕はたった15円の仕事をあえて受けることによって、相手に「返報性の法則」を働かせることができるわけだ。

「ホームレス」という肩書きは、お金稼ぎには全然向かない。

だが、一日のご飯をいただく手段としては最適だといえるだろう。

少なくとも、僕のような何もできない人間には、一番適している肩書きだ。

（くれぐれも、よい子は僕の生き方をマネしないように！）

★　★　★

半年も経てば、さすがに慣れてくるものだ。

僕は今日も、ネット上でホームレスの一日をライブ配信しているところだ。

「みんなおはよう〜！　かっちゃんだよ〜」

スマホの画面に向かって話しかけると、チャットで多くのコメントが寄せられてくる。

「おはよう、かっちゃん！」

「よっ、ホームレス！」

「おっは〜！」

フォロワーのみんなは相変わらず、冷たいような温かいような、絶妙な距離感である。

僕はネット上でコメントをくれる彼らに向かって、自分の思いを包み隠さず話した。

「みんな、今日の僕はな。すっごくヒマなのよ〜。どうしよう〜」

するとら、即座にコメントが返ってくる。

「ホームレスはヒマで当たり前やろｗｗｗｗ」

「今日は休暇日にせい」

「15円依頼は来てないんですか？」

やっとまともなコメントが来てくれた！

僕は即座にその質問コメントを読み上げ、返答をした。

「そう！　僕、ここ最近はほぼ毎日が埋まってたんやけど、今日はたまたま時間が空いててな」

僕は公園のベンチに座り直し、姿勢を正した。

「そこでや、皆さん！　この中で僕に何か依頼したいって方、いらっしゃいません？　一日15円！　昼食夕食をつけてくれれば15円やで！　安いよ安いよ〜」

「また始まった、ホームレスのセールス（笑）」

「営業、乙」

「サイコ〜！」

「がんばれ〜」


みんな、まるで他人事のように聞き流している。

みんなのその生温かい声援（?）のおかげで、僕の精神状態はなんとかもっている。

だが、それにしてもホント、中途半端なヤツらや。

少しは誰か、「しょうがないな、ご飯を奢ってやるよ」って言う人はいないんか？

僕は今絶体絶命の状態やのに、誰も手を差し伸べないんか？

でも、それでも僕のことを慕ってくれているだけ、まだいい方なのかもしれない。

何しろ、ほかのホームレスたちは孤独に空き缶を拾って生活してるのだから……。

たとえ一件も15円依頼が来なくても、僕は地道にこの営業を続けるのみや！

アカウントのチャット欄に、僕のネットショップのURLを貼り付けた。

僕は八百屋さんのような感覚で、フォロワーさんに購入を促していく。

「安いよ安いよ〜！」


僕がそんなゴリ押しの営業を続けていたからだろうか。

ライブ配信後に僕のアカウントを見てみると、僕のフォロワー数が50人ほど減っていた。

僕の総フォロワー数は４５００人ほどの規模だから、たった50人ぐらいどうってことはない。

ただ、なんとなく心に穴がぽっかりと空いてしまったような感覚で、どうも虚しい気持ちになってしまう……。

晴天の青空は、ただ僕に向けて日を照らすだけで、何にも応じてくれない。

懐かしいものだ。

8カ月前も、この公園のベンチに座って、必死に先輩の言われるがままに、ライブ配信をしていた。

とにかく立石先輩の言うことを信じて、愚直にホームレスとしてソーシャルメディアを駆使してきたのだ。

あれからもう、8カ月も経っている。

忘れもしない、あの11月3日。

とても肌寒い、秋の夜だった。

今ではどうだ。

もう7月に入っているではないか。

よくもまあ、これまでなんとか生きてこられたものだ。

我ながら感心しちゃう。

カンカンに照りだす太陽が、だんだん僕の肌を強く攻撃してくる。

僕は日頃からキャリーバッグに3～4着の服を持ち歩いているのだが、どれも依頼主からのもらいものである。

しかし、こんなにも暑い天気が続くと、新しい衣服のストックがなくなってしまう。

汗ばんだシャツをキャリーバッグの中に詰め込んでしまったら、せっかくのお気に入りの服も汗臭くなってしまう。

そんなのはイヤや！

なんとしても、15円依頼を受けて、ついでに自分の服と身体を洗い流したいものだ。


ブーッッッ！


唐突に、僕のスマホのバイブが鳴った。

どうやら、誰かから通知が来ているようだ。

「誰なんやろ～」

スマホの画面を見ると、僕は驚いてしまった。

今日の15円依頼が、売れたのだ！

★　★　★

今回の依頼者は、僕の見覚えのある子だ。

その依頼主とは、例の社長令嬢・武本あかりちゃんだ。

どうやら彼女は、今朝の僕の配信を見てくれていたらしい。

めっちゃ嬉しいわ〜。

しかし、今度は一体、どんな依頼なのだろうか。

僕は彼女の依頼内容が気になって仕方がなかったが、彼女のメッセージによると、今回の依頼内容は、直接詳しく話をしたい、とのことだった。

東京のホテルで一泊した後、僕はテーマパークの入り口の前で、じっと立ち続けていた。

まわりには子供連れの夫婦や若いカップルのお客さんがいて、どんどんこっちの方に人混みが流れてくる。

しかし、僕はあかりちゃんと待ち合わせるために、まだこの入り口の向こうへ行くわけにはいかない。

僕はスマホの時計を何度も見ながら、静かに待っていた。

すると、向こうの方から、可愛らしい女の子がやってきた。

「お久しぶり、袴田さんっ！」

こっちに手を振ってくる彼女の姿を見て、僕も応じた。

「ほんま久しぶりやな、あかりちゃん。元気にしてたか？」

「はい！」

あかりちゃんは赤らめた顔で、すごく嬉しそうにそう返事した。

「ところで、あかりちゃん。今日はどんな依頼なん？」

僕がそう聞くと、あかりちゃんは恥ずかしそうに辺りを見回した。

「どうしたん、あかりちゃん？」

僕の質問に対してあかりちゃんは応じることなく、ただ目をパチクリさせている。

おそらく、まわりの人の目が気になって仕方がないのだろう。

「あかりちゃ～ん？」

僕はあかりちゃんの目の前に軽く手を振った。

「大丈夫か？　顔赤いで？」

僕がそう問いかけると、あかりちゃんはようやく反応した。

「あっ、ごっ、ごめんなさい！」

あかりちゃんは自分の服の上を、パッパと払いのけた。

彼女の身のまわりには、埃一つついていないのに……。

彼女はピンッと背筋を伸ばし、僕の顔を恐る恐る見上げだした。

「……袴田さん。付き合ってください」

「えっ？」

僕がそう聞き返すと、あかりちゃんは恥ずかしげに、でも大きな声で言った。

「今日の依頼内容は、ここで一緒に、遊んでほしいんです！」

彼女はゆっくりと近づき、僕に手を差し出した。

「私のわがままに、付き合ってくれませんか？」

なるほど、そういうことか。

てっきり僕は、告白されたんかと思ったよ。

ああ〜、びっくりした。

僕はそんな彼女に対して、笑顔で応じた。

そして、その小さな手をやさしく握った。

「もちろんや。今日は、キミのために用意したんやから」


彼女と遊び回ったテーマパークは、格別なものだった。

彼女と一緒に乗ったジェットコースターやメリーゴーランドが、最高に楽しく感じた。

一時的とはいえ、僕もあかりちゃんと遊園地のアトラクションを満喫できて、ものすごく幸せだ！


時間とは、本当に早いものだ。

ついさっきまで朝の10時だったというのに、今スマホの時計を見たら、もう夕方の４時半やないかい！

こんなにあっという間に過ぎる一日は、本当に生まれて初めてだ。

僕は心の底から、本当に生きててよかったと思った。


ふと振り向くと、彼女は妙に寂しげな目つきで、じっと足元を見つめている。

「どうしたん、あかりちゃん」

ちょぼちょぼと流れる噴水の前で、彼女は突如として立ち止まった。

彼女の頬は、やはりりんごのように真っ赤であった。

その顔を見た瞬間、なぜか僕の胸は打たれたように、ズキンッ、と痛みが走った。


なんや、この痛みは。

僕は何に動揺しているのか、自分自身のことがよくわからなかった。


「あかりちゃん。アーティスト活動は、うまくいってるんか?」

僕はやさしく、彼女にそう問いかけてみた。

すると、彼女はしばし沈黙したのちに、恥ずかしげに首を振った。

「それがね、袴田さん」

「うん」

彼女は自分の近況を、包み隠さず、僕に話してくれた。

「……あれからね。私たちは大手の音楽出版社で、メジャーデビューを果たしたんです」

「へえっ、マジで⁉　すごいやん！」

僕がそう応じると、あかりちゃんは何やら、悲しみを含んだ笑みを浮かべた。

「でも、私はあれから、さつきとケンカをしちゃって」

「ケンカ？」

「そう」

彼女は噴水の前にある、上品な水色のベンチに腰をかけた。

「パパの言う通り、ミュージシャンの世界ってすごく大変だった。ＣＤが出たからといって、すぐに売れるわけではないし。同時に次の曲もいくつもつくっていかないといけないし。それに……」

あかりちゃんの口からまるで堰を切ったように、言葉が溢れ出す。

「もう、つくれなくなっちゃったの。歌が」

「え？」

「急に、歌詞が書けなくなっちゃったの」

「そうだったんか」

彼女は「そう」と返事するものの、噴水の方ばかり見つめている。

「ＣＤデビューを果たしたのに、情けないですよね……」

彼女のそのかわいそうな姿は、芸人の夢が破れて心をぐちゃぐちゃにしていた、あの時の自分自身と重なった。

もう、彼女になんて声をかけてあげればいいのか、僕はよくわからなかった。

しかし、それでも僕は、彼女に一生懸命寄り添う努力をした。

「さつきさんとは、今はどうしてるん？」

「絶交した」

彼女は両目を涙で濡らしながらも、必死に平静を装っている。

そんなあかりちゃんの健気な姿勢が、かえって僕の心を余計に不安にさせた。

僕はそんな彼女になんて言えばいいのか、思い浮かばなかった。

「結局、パパの言う通りだったかもしれない」

「えっ？」

「夢なんて、叶うわけなかったんだ。自己実現なんて一部の人間にしかできない、神の領域なのよ」

「何言うてるんや、あかりちゃん」

　僕が必死にそう聞き返すと、彼女は視線を茜色に染まる雲に向けた。

「夢なんて、最初から諦めちゃえばよかったのよ……そうすれば、こんなにつらい思いをしなくて済んだし、もっと幸せな人生になってたのよ」

「それは違うで、あかりちゃん！」

　僕は不意に、強く反論してしまった。

「あかりちゃんの選択は、絶対間違ってなんかないで。自分の夢に向かって生きていない人生なんて、ホンマに魅力的な人生か？　僕はそう思わへん。本当に大切なのは、自分の本音で生きることや」

　こちらの方に目を輝かせて見つめてくれる彼女の両手を、僕は強く握った。

「あかりちゃんは間違ってなんかない！　今は叶えてないかもしれへん。けどな、あかりちゃん。前へ進むんや。自分の夢に向かって、生きていくんや」

僕がそう励ますと、あかりちゃんは視線を足元にある石ころの方へそらした。

そして、彼女はその小さな石ころの方に向かって、パチパチと瞬きを繰り返した。

「……できないよ、そんなこと」

震えた唇から発せられた、彼女の不安そうな声。

そんな言葉に対して、僕は堂々と言い返した。

「いいや、できる。あかりちゃんならできる」

「できないよ！」

人目を気にせず、ムキになってそう言い放つ彼女に向かって、僕は即座に応じた。

「いいや、できる！　あかりちゃんならやれる！」

あかりちゃんは僕の方をキッと睨んだ。

噛みつくようなその顔つきは、年上の僕からしたらとても可愛らしい、子犬のような顔に見えた。

そんなあかりちゃんの可憐な瞳は、真剣な表情で見つめている僕の姿を映していた。

その瞳に映っている僕自身は、自分でもびっくりするくらい本気の顔をしていた。

彼女はそんな僕の堂々とした様子に感化されたのだろうか。

彼女の表情は、少しずつ怒りのニュアンスが抜けていった。

「……どうしてそう思ってくれるの？　なんで、私を応援するの？」

「キミが好きだからや」

彼女のその問いかけに対し、僕はなぜかすかさず、こう応じてしまった。

「……えっ？」

あかりちゃんの表情が、少しだけゆがんだ気がした。

それでも僕は、自分の本音を素直に話した。

「あかりちゃんのことを強く思うてるから、応援したいと思うてるし、あかりちゃんの夢を叶えてあげたいとも思うてる。僕は頭ごなしに否定はせえへん。事実、僕自身がそうだったからや」

事もあろうに、僕はまわりの人目を気にせずに、自分語りを始めてしまった。

「僕は、世界一の芸人になるために、お笑い事務所の鎌田興行へ飛び込んだ。一流の芸人になることを目指して、相方と辛い養成所の訓練を乗り越えて、舞台やテレビで漫才を磨いていったんや。でも、僕なんかじゃあ、世界は取れへんかった！　力が足らなかったんや。せやけどな。僕は全然後悔してへん！　なぜだかわかるか？」

彼女は軽く首を振った。

それに対し、僕は間髪入れずに続けた。

「キミと出会えたからや。キミのような純粋な子に出会えたからこそ、むしろ僕はここまで来れてよかったと、純粋に思えたんや。芸人を目指してなかったら、キミに出会えへんかった。芸人活動を失敗してホームレスにならへんかったら、あかりちゃんと出会うことはなかった！」

「袴田さん……」

桃色のレースのワンピース姿。

そんな彼女の顔をうかがう余裕は、僕にはなかった。

「僕がキミを守ってやる！　今は何もできへんかもしれへん。やけど、あかりちゃんの夢を潰すヤツらから、僕が守り通してやる」

そして、僕は右手の小指を立てて、それを彼女の前に示した。

「約束や。僕はキミの夢を、最後まで応援したる」

そう言って、僕はにっこりと微笑みかけた。

彼女は、嬉し涙をポロポロとこぼした。

そして、彼女は僕に小指を差し出して、思いっきり絡ませた。

「約束よ？　約束だからね！」

「ああ、もちろんや！」

僕たちは力強く指切りをした。

# 第九章　ホームレスとクラウドファンディング

見覚えのある、六本木ヒルズから見える、あの窓の風景。

そこから見えてくる小さなビルたちは、まるで僕たち二人の今後を、陰で応援してくれているようだ。

僕たちの目の前にいるのは、最大の強敵・武本真一。

彼は世界有数のファッション系ネットモール「ＹＵＭＥ　ＣＩＴＹ」の代表取締役会長だ。

僕はなぜか、まるで大王から姫を奪い取るために参上した、勇者みたいな心境になっている。

そのくせして、大変気まずい気持ちを抱いている自分もいる。

もう、あまりに興奮しすぎて、武者震いが止まらない。

何か言え、何か言うんや、勝彦！

「おっ、……おとうさん！」

ピクッと釣り上がる会長の眉毛。

しもうた～！

僕はこの人を、「おとうさん」と呼べる関係やない！

僕は最も踏んではいけない、地雷を踏んでしまったのだ。

ムクムクッと、彼はまるで復活を遂げる怪獣のように身を震わせ、背中をえびぞりにしだした。

「袴田くん……」

うわっ、言われる～！

「キミにおとうさんと言われる筋合いはない」

って言われる～！

ホンマどうしよう～～～～～～～！

僕は、心底自分の過ちを悔いた。

まさか僕の放つ第一声が、「おとうさん！」だなんて。

もう、死んで詫びたいほどや～～～～！

僕は心の奥で、そう叫びたい思いだった。

真一さんの口が動く。

うわあっ、言われる～～～～～～～～～～～～～～！

「何だね。何か言いかけただろう？　どうしたんだね、袴田くん」

意外なことに、真一さんの表情は気持ち悪いぐらいに朗らかだ。

この顔は何なんや。

武本真一さん！　あなた、どうしてこんなにも朗らかでいられるんや！


「袴田くん？」

彼は再び、そうやさしく声をかけてきた。

「あっ！　すんません！」

僕は姿勢を正して、真一さんに深々と頭を下げた。

なぜそういう展開になっているのか。

これには深いわけがあった。


実は数日前、あかりちゃんからある依頼を受けていたのである。

その依頼とは、あかりちゃんの結婚式を親に支援してもらうのを、お願いすることだ。


あかりちゃんには、好きな人がいた。

その恋愛の対象は、残念ながら僕ではない。

彼女の愛する人は、恋愛アプリで知り合った男性で、名前は「依田祐介《よだゆうすけ》」という。

彼はとっても心やさしい性格で、真面目な会社員だが、収入は少なく、貯金もない人だという。

あかりちゃんは祐介くんのどこに惹かれたのか。

正確に彼女から話を聞いたわけではないのだが、どうやらあかりちゃんは、彼が寛容な心の持ち主であることに感銘を受けているらしい。

二人は仲睦まじくなっていき、結婚を決意したのだそうだ。


最初、僕は彼女の報告を、他人事のように聞いていた。

だがある日、急にあかりちゃんから、大きな依頼案件が持ち込まれたのだ。

それこそが、結婚式の金銭的な支援を、父親である真一さんに、一緒にお願いすることなのだ。

そんな依頼を、たった15円と夕飯代でやらせようとするのだから面白い。

さすがはあかりちゃん。

めっちゃ図々しい。

で、僕は彼女の依頼を快く引き受けて、こうして真一さんの前で頭を下げている。

あかりちゃんには今、好きな人がいること。

あかりちゃんは、その男性と結婚したいこと。

だけど、そのためにはある事情で、自分たちの資金だけでは、到底式を挙げることができない。

そのために、結婚式における金銭的な支援をしてほしいこと。

そこからさらに、僕は真一さんに思い切り、部屋の窓が割れるほどバカでかい声でもって懇願した。

「娘さんを、助けてやってくださいっ！」

僕は確かに、間違いなくこの言葉を発した。

しばらく、沈黙が続いた。

うう～ん、と痩せたスマートな顎に手を当てている真一さん。

眉間に皺を強烈に寄せていて、窓から入る日差しの角度のせいか、やけに顔の陰影部分が広すぎる。

まるで閻魔大魔王のような、恐ろしい形相だ。


「袴田くん……」

真一さんの重い口が、ようやく開いた。

僕の懇願に沈黙してから、およそ5分は経った頃だ。

そのあまりに不意な呼びかけに、僕は返事を雑に行ってしまう。

「な、なんすか武本さん」

真一さんは僕の返事に対し、ピクリと眉をゆがめた。

真一さんの顔には、明らかに曇った表情が垣間見えた。

僕のビクついた表情を察したのだろうか、真一さんは重々しくもやさしい口調で問いかけてくる。

「つまり、私に結婚式の資金援助をしてほしい、ってことかね？」

僕は背筋を凍らせた。

だが、僕は思いっきり自分の顔に流れている汗を、手元の袖口で拭った。

「そうですっ！　真一さん、お願いです。あかりちゃんを、助けてやってください！」

僕はまたも、その場で頭をブンッと、およそ90度キッチリにお辞儀をした。

「……あかり。これはどういうことだ」

鋭くも太い声が、あかりちゃんの方へ向けられる。

「お前は自分の結婚式のために、袴田さんを利用してるのか？」

僕はうかがうように、父親に言われている彼女の顔を、ゆっくりと見つめた。

すると、彼女の目は涙で潤んでいた様子で、まるでりんごのように真っ赤な頬をしているではないか。

「どうなんだ、あかり。答えなさい」

真一さんの詰問に対して、あかりちゃんはプイッとよそ見をした。

「袴田さんはただでさえお忙しいんだ。そういう事情は、自分の口で説明しなさい」

「いえ、いいんすよ、真一さん。僕はいつもヒマやから……」

真一さんは僕のあかりちゃんへの弁護に対して、とても厳しい口調で「袴田くんは黙ってて」と言った。

そう言われたら、僕はもはや黙るしかない。

僕はただ、彼女の見るからに恥ずかしげな様子を、ただじっと見守ることしかできなかった。

「……私一人で説明してたら、パパは結婚を許してくれるの？」

「どういう意味だ」

真一さんは間髪入れずに、小さくそう問い直した。

すると、彼女はゆっくりと応じた。

「……借金してるの、祐介くんは」

「借金⁉」

こればかりは、さすがの真一さんも驚きが隠せなかったようである。

彼のおうむ返しに対して、あかりちゃんは「そうよ」と即答し、自分の主張を続けた。

「彼の借金を、パパが肩代わりしてくれるっていうの？　できないでしょ？　パパは『自分の資産は自分でつくれ』って、よく言ってるもんね」

「落ち着きなさい、あかり」

「パパは自分のことしか頭にない！　お金を持ってるなら、もっと私たちのために使ってもいいいじゃない！」

「あかり！」

父親の叱責を受けて、あかりちゃんもふと我に返った様子である。

ようやく落ち着きを取り戻した彼女に対して、真一さんは冷静に問いかけた。

「いくら抱えてるんだ？　その借金は」

「……２００万」

「２００万⁉」

衝撃の事実を知り、真一さんは自分の額に手を置いている。

「なんでそんなことになったんだ……」

「仕方なかったのよ。祐介くんは悪くないの」

「どういうことなんだ？　詳しく、説明してくれないか」

彼の丁寧な言葉に、あかりちゃんもゆっくりと頷いた。

★
★
★

なぜ祐介さんが、２００万円もの借金を抱えているのか。

その大きなきっかけは、彼の親友と出会った時のことだ。

祐介さんは大学時代に世話になった大親友から卒業後、久しぶりに連絡を受けたという。

だが、その親友さんは祐介さんに向かって、とんでもないお願いをしてきたのだ。

それは、自分の借金の肩代わりをしてほしい、というものだった。

その借金の額は、ざっと３００万円。

理由は、親友さんが投資詐欺に引っかかってしまったからだ。

その影響で、その親友さんはある日、自殺しようとしていた。

だが、そこに幸い、祐介さんが通話を入れてくれたおかげで、思いとどまったのだそうだ。

親友さんは申し訳なさげに、祐介さんに借金の肩代わりをお願いした。

するとそれに対し、なんと祐介さんは、快く引き受けたというのだ。

なぜ祐介さんは、その要求を引き受けたのか。

それは何を隠そう、その親友は祐介さんの命の恩人だったからだ。

祐介さんが大学時代に自殺しようとしていたところに、その親友がたまたま助けてくれたのだという。

そういうわけで、祐介さんはどうしても、親友である彼を助けてあげたかったし、恩返しをしたかったのだそうだ。

現状、その３００万の借金のうち、３分の１は自腹を切って返済できたらしい。

だが、稼ぎの少ない正社員が受け取る年収では、とてもこれ以上返済するのは難しい、とのこと。

それもそのはず。

彼は自分の奨学金の返済も残っているし、自分の生活費やアパートの家賃も支払わなければいけないのだから……。

あかりちゃんが、そういう祐介さんの借金における背景を、真一さんに丁寧に語った。

すると真一さんは、両目を窓越しの空へ向けて、深くて長いため息をついた。

「なるほど。話はわかった。要するにあかりは、その祐介さんの支援をした上で、結婚をしたいってことなんだね？」

父親の問いかけに対して、あかりちゃんは大きく頷いた。

「なるほど……なるほど……」

あかりちゃんは真一さんに接近し、彼のごつい手の甲に触れた。

「パパ、お願い。彼を助けて。彼の借金をなくしてほしいの」

あかりちゃんの可憐ながらも真剣な言葉を受け取りつつも、真一さんはとても複雑な表情を浮かべている。

「……支援したいのは山々だ。だけどな、あかり。それはできないんだ」

「どうして」

あかりちゃんの問いかけに応じて、真一さんは彼女の方へ身体を向けた。

「実は、ウチの会社は、業績が赤字なんだ」

「え？」

聞き返すあかりちゃんに向かって、真一さんは申し訳なさげに首を垂れた。

「『ＹＵＭＥ ＣＩＴＹ』のＥＣモールから、いろんなファッションブランドが次々と脱退したんだ。その影響で、今年の営業利益は格段に下がってな」

「そんな……」

あまりに意外な話の展開に、あかりちゃんは呆気にとられている様子である。

それに対し、真一さんは靄《もや》をかき消すような仕草をする。

「いやっ。でも、だからといって、あかりの結婚を許さない、という話じゃないんだ。そこはわかってほしい。ただ、今の段階では、とても結婚式の資金援助ができない。申し訳ない……！」

真一さんはそう言って、またも頭を下げた。

そんな父親の姿を目の前にして、あかりちゃんはふと僕の方へ目をやった。

だけど、僕もなんて返事をすればいいのかがわからず、ついあたふたとしてしまうのだった。


そんなタイミングだった。

何やら聞き覚えのある音が、僕のポケットの中で鳴り響いた。

スマホの着信音だ。

もう、こんな時に何なん？


僕は半ば苛立ちを覚えたが、そんな感情を顔に表すことなく、ポケットからスマホを淡々と取り出した。

「すんまへん、真一さん。ちょっと、電話に応じさせてください」

「わかった」

首を垂れながらも、相変わらず真一さんは厳粛な口調で応じた。

僕はスマホの画面を確認すると、その画面には見覚えのある名前が記されていた。

「立石先輩⁉　もうっ、こんな肝心な時に！　まったく〜」

僕はスマホ画面に表示される、緑の円をタップした。

「はい、もしもし〜」

「袴田、元気にしてるか？」

いかにも機嫌が良さそうな様子の、懐かしい声。

「ええ、おかげさまで元気にしとりますよ。どうかしたんすか？」

こちらの重苦しい雰囲気をちっとも読まずに、立石先輩は嬉々とした口調で言う。

「いやさ。最近お前の知らせが、全く途絶えちまったからさ。生きてるかどうかを確認したかったんや」

何なん？　そんなことかいな。

こっちはまだ、あかりちゃんから依頼されている任務を遂行中やっちゅうのに……。

「袴田、お前ちゃんと生きてるか？　もしもし？」

僕の状況を知る由もない先輩は、能天気に僕の近況を尋ねてくる。

僕はそんな先輩に、自分の近況を包み隠さず話をした。

ホームレス活動のおかげで日々がとても充実していたこと。

そして今日も仕事をしている真っ最中であること。

そして、今依頼主である彼女の家にいて、父親に自分の結婚式における資金援助をお願いしたかったこと、などなど……。

「つまり、そういうことなんすよ～」

「なるほど。つまり、お前の依頼主は自分の結婚式を挙げたいから、金持ちである父親を頼ったわけなんやな？」

「そうっす」

「でもその親御さんは景気が悪くて、支援ができない状況なんやな？」

「そうっす。そういうことなんすよ」

「なるほど〜」

ようやく立石先輩は、僕の状況を理解してくれたらしい。

僕は電話越しに、先輩に聞いてみた。

「先輩。これから、どうすればいいと思います？」

先輩はそのあまりのど直球な僕の質問に、「そうだなぁ〜」と何度もつぶやいた。

さすがの先輩も、今回ばかりはすごく悩んでいる様子だ。


「先輩？　もしもし〜？」

僕が受話器にそう声をかけても、向こうの方からは全然反応がない。

「先輩？　生きてますか〜？」

「阿呆。生きてるわ」

突如として聞こえてくる、先輩の太い声。

「袴田。見つけたで」

立石先輩の声は、なぜか震えを帯びていた。

どうやら、立石先輩はこの間に、何かを探していたらしい。

「あかりちゃんの結婚式を挙げさせるための道具を、見つけ出すことができたんや」

先輩のその言葉に、僕はつい耳を疑ってしまった。

「……マジすか？」

★　★　★

僕は食い入るように、先輩に聞いてみた。

「その道具って、何なんすか？」

「よくぞ聞いた！」

（ちょっ、先輩！　いきなり大声を張り上げないでくださいよ。耳にガンッと響くじゃないすか～）。

「聞いて驚くなよ、袴田。これはな。あかりちゃんに結婚式を挙げさせられる、魔法の道具や」

それはさっきも聞きましたよ、先輩……。

僕はそうツッコミしたくてたまらなかったが、喉元まで出かかったのをグッと堪えた。

「先輩、その『魔法の道具』とは……？」

「クラウドファンディングや」

「く、クラウドファンディング……？　なんすか、それ⁉」

僕がそう質問すると、先輩は嬉しそうに解説してくれた。

「クラウドファンディングってのは、一般のお客さんからお金を集めるファンドのことや」

「ファンド？」

受話器越しに、咳払いをする立石先輩。

「まあ、要するにな。無名の個人でも、資金調達ができるようになった、ってことや」

「しっ、資金調達⁉　すごい！」

「せやろ？」

「はい！」

その話を聞いた途端に、僕の頭の中には夜明けの光のように、明るい展望が見えてきた。

僕がこのクラウドファンディングを利用して、あかりちゃんの結婚式を成功させている姿が、脳裏にしっかりとイメージできる！

だが、たった一つだけ気がかりなことが……。

「先輩。どうやって支援者を集めればいいんすか？」

またも、大袈裟にずっこける物音が聞こえてきた。

僕の言動がそんなにおかしいんか？

僕は真剣に悩んでるんや！

冗談とちゃうで⁉

「お前な……。んなもん、自分で考えろ」

いや………。

いやいやいやいや、それは酷すぎまへん⁉

ひとに秘密道具を差し出しておいて、使い方を教えないんかい！

そう僕の心がざわついた瞬間、先輩は言葉を付け足した。

「と、言いたくなっちまったけど……しょうがねえな～。教えてやるよ」

「マジすか？」

「ああ、マジだよ、マジ。大真面目さ」

先輩との通話を終えた後、僕は真一さんの部屋に戻っていった。

「すみまへん、真一さん」

「いやいや」

僕は再び、彼女の傍らに恭しく座った。

「真一さん、安心してください。娘さんの結婚式は、僕が資金調達します」

「はあ」

意外なほどあっけらかんとした、真一さんの返事。

だが、そんな返事に物怖じせず、僕は堂々と言い放った。

「娘さんの結婚式の資金は、僕にお任せください！」

真一さんはふと、あかりちゃんと目を見合わせた。

僕の傍にいるあかりちゃんも、どうやら解せない様子であったらしい。

真一さんは僕の方へ、顎を突き出してきた。

いった。

「何か勝算があるのかね？」

「それがですね、実はあるんすよ！」

「ほう。具体的には？」

にこやかな表情で発した真一さんの問いかけに、僕はマシンガンのように論を展開していった。

そこで僕は、先輩から聞いたクラウドファンディングのことを、包み隠さず、受け売りで話した。

まるで、僕はクラウドファンディングをもともと知ってたかのように、えらく堂々と話してしまった。

真一さんは僕の話を聞くなり、意外にもあっさりと受け入れてくれた。

「なるほど、クラウドファンディングという手できたか〜。クラウドファンディングって、最近山内くんが起業したヤツだったね？」

「はいっ」

僕はそう咄嗟に返事したものの、実は全然、事情を知らなかった。

「山内くんの起業したネットサービスを使えば、確かにお金は集められる。でもまさか、娘の結婚式を、ホームレスが『資金調達』する時代になるとは、思いもしなかったな〜」

真一さんはそう言って、天に向かって声高らかに笑った。

それにつられて、僕もつい笑ってしまった。

「いいだろう。ぜひやってみてほしい。袴田くん、どうかわが娘の結婚式を、成功させてくれ！」

「はいっ！　かしこまりました！」

僕は軍隊のように、ビシッと真一さんに敬礼した。

★　★　★

僕は早速、ホームレス活動で一番初めにお世話になった農家・川原太一さんから、当たってみることにした。

彼の携帯番号を入力して、僕は赤く表示されているスマホのボタンをタップする。

数回の呼び出し音の後、彼は通話に応じてくれた。

「はい、もしもしー」

懐かしい声だ。

厳しい口調ながらも朗らかさを兼ね備えているこの口調は、相変わらずだ。

「あっ、もしもし。以前お世話になりました、袴田です」

僕がそう言うと、彼は嬉々とした声色で応じてくれた。

「ああ、袴田くん！　元気にしてたかい？」

「はいっ」

「久しぶりだな～」

僕が少し間を置くと、川原さんの方から質問が飛んできた。

「で、今日はどうしたんだい？　また仕事が欲しいのかい？」

彼の問いかけに対して、僕は堂々と答えた。

「あのですね、川原さん。実は僕、クラウドファンディングをやることにしたんす」

およそ4秒は経っただろうか。

僕の耳元には全然、川原さんから発する声が聞こえてこない。

「もしもし、川原さん？　もしもし？」

僕は口元を受話器に近づけて、やさしく声をかけた。

すると彼は、突発的に僕に問う。

「キミ、社長になるのかい？」

なんでそうなるんや！

僕はそんなツッコミを強く入れたくなったが、なんとか平静を装った。

「ちゃいますよ？　なんでなんすか」

「いやね。私、横文字に弱くてね」

「なるほど……」

「何なんだい、その『プライド・パンダ』っていうのは」

「ちゃいます、クラウドファンディング！　『プライド・パンダ』じゃありまへん！」

僕は彼に、クラウドファンディングの解説を懇切丁寧に行った。

僕もクラウドファンディングをあまり知らなかった人間だけど、立石先輩の懇切丁寧な解説のおかげで、その言い回しをまるまるパクって説明できた。

そんな丸パクリの解説が功を奏したらしく、川原さんの不安が大きく取り除けたらしい。

「なるほどね〜。つまり、キミは今、資金調達をしている真っ最中ってことなんだね」

「そうっす！　そうなんすよ〜」

「でも、なんの目的で」

「え？」

僕はつい聞き返してしまった。

まさかあの心やさしい川原さんが、そんなキツめの問いただし方をするとは、思いもしなかったからだ。

「袴田くんはなんのために、今、資金調達をしてるんだい？」

僕は正直、それをはっきりと答えることができなかった。

はっきり言うと、僕が今こうして資金調達しているのは、あかりちゃんの結婚式のためだ。

それ以上でもなければ、それ以下でもない。

たまたま彼女の方から強くお願いされて、僕がこのクラウドファンディングに手を伸ばした。

ただそれだけだったのだ。

ただ、そんなことを人様に言ってみなさいよ。

絶対、白い目で見られてしまう……。


「どうしたんだい？」

受話器越しに、川原さんが気さくに話しかけてきた。

それに対し、僕は必死に明るい声色に努めた。

「僕はな、川原さん。このクラウドファンディングを通じて、世界中の人たちを救いたいんす」

「ほう、素晴らしい！」

賞賛の声を上げてくれる川原さんに頷きながらも、僕は必死に、付け焼き刃な大義名分を語った。

「ホームレスである僕が先陣を切って、こういうクラウドファンディングの活動をすることで、ほかの人たちも資金調達がしやすい文化をつくりたいんすよ」

「なるほど〜」

我ながら弁が立つ男や。

さすがは元芸人、といったところか。

「本当かい？」

川原さんは笑みを含めた口調ながらも、鋭く質問してきた。

「え？」

僕がそう聞き返すと、川原さんは続けざまに、僕に言ってきた。

「キミが本当にそういう思いを持っていたのなら、それはそれで素晴らしいことだと思う。けどな、袴田くん。少なくとも私は、共感できないな～」

意外な反応だった。

僕の述べた大義名分を全否定されたようで、僕は内心、ひどく困ってしまった。

「どうしてなんすか？」

僕がそう逆に質問すると、川原さんは率直に答えてくれた。

「ホームレスって、普通は自分のことで手いっぱいじゃない。でもキミの場合は、その様子がちっともうかがえないんだよ」

「なるほど……」

受話器越しに、川原さんの小さなため息声が聞こえてきた。

「以前までのキミの方が、まだ応援したい気持ちが湧いたなぁ。とにかく生きることに必死になってて、その真摯さが、私の心に響いたんだよな〜。……袴田くん。あの頃のキミはどこへ行ったんだい」

川原さんのこの問いかけに、僕は応じることができなかった。


「まぁ、袴田くん。また、ウチに来てくれないかい？」

「えっ？」

「いろいろと、話を聞かせてくれよ。ご飯も食べていきなよ」

川原さんの温かさも、相変わらずのようだった。


久々に来た、神奈川の畑。

初めて大根を収穫した時が、すごく懐かしい。

すごく心地いいほど、綺麗に大根が並んでいた。


「袴田く〜ん」

向こうの方から、川原さんが手を振っている。

白いトラックの窓から、満面の笑みを浮かべた顔が出てきた。

もう片方の手で巧みに自動車の運転をこなしているところが、さすがベテランだわ、と僕は思った。

「袴田くん、ご飯の用意ができたよ」

車を停めて、トラックの中から降りる川原さんに向かって、僕は深々と頭を下げた。

「ありがとうございます！」

「大根は？」

「ここっすよ」

僕は足元にある、収穫したカゴいっぱいの大根を指差した。

「すまないねぇ、袴田くん」

「いいえ。せっかく久々に会うんすから、これぐらいの仕事はさせてください」

「いやぁ、助かるよ～」

僕は軽トラックの荷台に、大根が詰まったカゴをドンッと置いた。

「さ、行こうか」

「はいっ、お願いします」

そして、僕は彼のトラックに飛び乗り、にこやかな表情で図々しく席に座り、ペコリと頭を下げた。

その様子を見て、川原さんは嬉しそうに笑みを浮かべだした。


「さて。そろそろ、本題に入ろうか」

食事が一段落ついたところで、川原さんは僕に、そう話を切り出してくれた。

僕は一気に、心臓の鼓動が高まった。

「キミは確か、資金調達をしようとしてたよね？」

「はい、そうなんす」

「なんで」

「えっ……」

「本当はなんで、資金調達をしたいの?」

「えっ。えっと……」

僕が言葉に詰まっているところに、川原さんは「まあ、一杯」とお酒を勧めてくれた。

「上っ面なだけの話は、ナシだからな」

「はいっ」

そう返事して、僕は図々しくも、そんな彼のご相伴に与かった。

次々と注がれていく日本酒の杯を、恭しく口元まで運ぶ。

そして、僕は覚悟を決めるように、一気に飲み干した。

ゴクッ……。

僕の喉元に酒が通ると、僕の頭の中にある歯車が、急激に回りだした。

「本音を言っていいっすか?」

「どうぞ」

川原さんはいかにも、「待ってました」と言わんばかりの表情を浮かべた。

酒のせいだろう、彼の両頬もテカテカに赤くなっていた。

そんな川原さんのニヤついた顔に怖じ気づくことなく、僕は堂々と、自分の思いの丈をぶつけた。

「正直言いますとね、今回僕がクラウドファンディングを始めたのは、結局は自分のためなんすよ」

「やっぱり、そうだったか」

川原さんはなぜか、変に嬉しそうなニュアンスでそう応じてきた。

笑いたければ笑えばいい！

僕は自分の本音をつぶやくだけや！

「僕な、最近好きな子がいてな。その子のために一生懸命、お金を稼ぎたいだけなんす。でも、僕はホームレスや。やけん、ホームレスでもできるお金の集め方をしなければあかんのですわ」

「なるほどね〜」

川原さんも酔い始めたのだろう、頬はさらに真っ赤に染まり、滑舌も曖昧になっていた。

「それで、例のプライドファンディングを行ったわけなんだね」

「クラウドファンディングっす」

「どっちも同じじゃ」

川原さんは馬鹿笑いをしながら、僕の背中をパンパン叩きだした。

僕たちは互いをじっと見つめ合い、酒を飲み交わしながら、まるで猿のようにキャッキャと笑い合った。

「でも、その好きな子と結婚はできないんだろ？」

「そうっすよ？　むしろ僕は、彼女から自分の結婚資金のために、資金調達を頼まれてるんす。これほど屈辱的なことはないでしょう⁉」

「あははは、間違いないっ」

そう言って、川原さんは突然、僕の顔に向けて指差した。

「そうだよ。それなんだよ〜。やっぱり袴田くんは、こうでなくっちゃ」

「え？」

川原さんは、僕に急接近してきた。

ただでさえ彼との距離感が近かっただけに、とても暑苦しい。

「袴田くんはホームレスなんだから、自分の必死な状況を、素直に話せばいいんだよ。必死に生きている姿を見せれば、おのずと支援が集まってくるさ」

「な・る・ほ・ど〜……」

川原さんの考え方は、僕の頭の中にはちっともない発想だ。

でも、言われてみればその通りや。

僕はホームレスなんやから、自分の立ち位置を生かした活動をするべきや。

世界中の人類の幸せなんていう、とてつもない大志を口にしていた過去の自分を、ぶん殴ってやりたかった。

「いくらなの」

川原さんからの不意の問いかけに、僕は適切に対応できなかった。

川原さんはじれったそうに、もう一度尋ねてくれた。

「だから、私は今キミに、いくら払えばいいって聞いてるんだよ」


思ってもみない展開だ。


たった15円の依頼でさえも、お客さんを見つけるのに毎日が四苦八苦だ。

これまでは、ご飯代や交通費分は払ってくれたけど、誰も本気の支援をしてくれなかった。

でも川原さんは、僕への支援を考えてくれてる！

こんなに温かい人が、この世に存在するのか？

「袴田くん？」

川原さんは、いつものようにニコニコとした表情で、僕の顔を覗いている。

僕は彼に向かって、その場で土下座をした。

「ありがとうございます！　恩に着ます！」

川原さんは恥ずかしそうに頭を掻いた。

「いやいやいや、いいんだよ～。私にできることがあれば、積極的に支援するから。困った時は、お互い様さ」

川原さんにはホント、頭が上がらないや。

★　★　★

こんな感じで、僕のクラウドファンディングを面白がって支援してくれる人が、ちょくちょく現れた。

その支援者の数は、32人。

どの人も僕にとっては、かけがえのない人脈や。

それは、支援してくれているからではない。

日頃から僕の活動をやさしく見守ってくれている、いわば「家族」みたいな存在なのだ。

彼らのおかげで、支援金が現時点で50万円も集まった。

僕のクラウドファンディングには、「リターン」という、支援者に対するいくつかの返礼品を用意している。

返礼品とはいっても、必ずしも形のあるモノとは限らない。

無形の返礼品として、「リターン」を設定しているモノも少なくなかった。

たとえば、「結婚式に参加できる権」というリターン。

これは、僕の結婚式に参加することができる権利をリターンにしたもので、６０００円以上の支援者に対して贈る返礼品だ。

このリターンが、思いのほか人気なのだ。

次に人気なのが、「結婚式のスポンサー権」。

これは5万円以上の支援をしてくれた人に向けたリターンで、僕が結婚式の中で、支援者の名前を読み上げるだけの返礼品だ。

そんなささやかなリターンなのにもかかわらず、思い切って支援してくれる人がいるのだ。

ただのホームレスに対して、こんなにも気前よく支援をしてくれるだなんて、世の中ホント、捨てたもんやない。

みんなのやさしさが、僕たちを救い出してくれているのだ。

ところが、僕はある日を境にして、急に逆境へ立たされてしまった。

それは、あるインフルエンサーの投稿がきっかけで起きた。

SNS上で流されたその投稿の内容は、以下の通りだ。

「クラウドファンディングは宗教である。ネット上でファンからお金を巻き上げて、一部の人間の私腹を肥やす悪の温床だ。みんな騙されるな。クラウドファンディングを使った詐欺には、注意せよ」

こんな投稿が、なぜか青い鳥のSNSの間でバズっていたのだ。

その投稿の「いいね」の数は、ざっと2500。

リツイートはおよそ1200回もされていた。


信じられない光景や。

インターネットで革命が起きているのに、その革命を拒んでいる輩が、まさかインターネットの中にいるなんて。

しかも、こんなにもたくさん支持されてるなんて……！


その投稿のおかげで、もうこっちは踏んだり蹴ったりだ。

僕がSNSのフォロワーにDMで支援をお願いすると、すぐに反発を食らうようになったのだ。


「袴田さんが宗教ビジネスをするだなんて、残念です」

「ずっと応援してたのに……」

「自分で働いて稼げ、クズ！」


違う。違うんや。

僕は単に、大切なあかりちゃんの結婚式を、支援したかっただけなんや。

それがなぜわからない！

大体、クラウドファンディングは宗教だなんて、誰が決めたんや。

クラウドファンディングは、神様を祀ってないで？

ただ自分のやりたいことのために支援を頼んで、何が悪いん？

金を求める行為こそが宗教やと言うんなら、ボランティア団体の募金活動も宗教なんか？

もしそうだとするなら、これじゃ僕だけじゃなく、世界中の人たちが支援を受けられなくなるやないかい。

災害で苦しんでいる人たちや、起業を志す若者やクリエイター、研究者たちでさえも、このクラウドファンディングが利用できなくなることで、どれだけ被害をこうむるか……。

まともな支援をしたこともないくせに、偉そうにクラウドファンディングを語るな！

僕はそんな思いでいっぱいになったが、僕がそう声を上げたところで状況は変えられない。

フォロワーも徐々に増えて1万人いるとはいえ、僕の立ち位置はあくまでホームレスや。みんなの支援で成り立っている、ホームレスなんや。

日頃からお金をもらっている立場の人間が、偉そうに反論する筋合いもない。

僕はただ、地道に支援者を募ることしかできなかった。

「お願いします！　僕は、彼女を幸せにしたいんす！　お願いします!!」

SNSでどんなに丁寧なDMを送っても、フォロワーは誰一人として、快い返事をしてくれなかった。

むしろ、彼らのかえってくる返事は、ひどくネガティブな罵声ばかりだ。

もう、いいかげんにしてくれ……。

こっちはホームレスなんや。

そんな容赦ない文章を書くのは、やめてくれ！

僕はだんだんＤＭのやり取りをしていくうちに、自分のスマホを投げ出したくなってきた。

だが、僕のスマホに八つ当たりをしたところで、炎上騒ぎは収まらない。

クラウドファンディングに対する無理解を責めても、お互いのためにはならない。

だからこそ僕は、ＳＮＳ上でひたすら、ライブ配信を続けた。

いくつかの有名なＳＮＳを駆使して、ひたすら自分のホームレス生活を面白おかしく見せて、最後にみんなからの投げ銭を期待する。

それしか方法がなかった。

これこそが僕が持つ最大の芸人道であり、生き様なのだ。

この人生そのものこそが、僕の演芸場なのだ。

そう頭で思ってはいるものの、僕の心はさすがにズタズタになってしまっていて、もはや自力でどうにかできる状況ではない。

先輩を頼るしかない。

こればかりは立石先輩の救いの手が、僕にはどうしても必要だった。

本当は、僕は人を頼って生きたくはない。

ましてや今までお世話になってきた立石先輩の前では、面白い自分を見せ続けたかった。

けれど、こればかりはどうにもできない。

コンビニのレジ打ちもまともにできず、清掃のバイトもほっぽかしてしまうし、芸人の仕事も中途半端な状態のままだ。

そんな、社会性もなければ生き延びるためのスキルも備わっていない僕には、この「ホームレス」という活動で食いつなぐしかないのだ。

そして今回の依頼は、そんなホームレスが挑戦する、いわゆる冒険だ。

今回は彼女の結婚式を支援しているだけだが、それが成功すれば、きっと僕への支援にも転用できる可能性がある。

もしもこのクラウドファンディングが成功すれば、僕は人として生きていける可能性が見出されるんや。

立石先輩がつくってくれたこの「ホームレス」業務を維持させるためには、どうしても、クラウドファンディングが必要なんや！


そのためには、もう、僕は先輩にすがるしかなかった。

恥ずかしい話だけど、これが現実であった。


「先輩、どうしよう～。どうしよう～」

僕はついに、立石先輩の前で泣きついてしまった。

この涙は、少し前までのようなうそ泣きなんかやない。

ガチの男泣きや。

僕は、黒い革製のソファーに座っている先輩に向かって、思いっきり自分の悩みを打ち明けた。

正直、僕はところどころで、自分の後悔や愚痴、他人の悪口を言ってしまった気がするが、どんな内容を喋ったのかが全然思い出せない。

だけど先輩は、それでも温かく、僕の言うことに耳を傾けてくれた。

「袴田。よくぞ頼ってくれた。ここまでよく、がんばったな」

「先輩！」

僕は自分の頭を、女々しくも立石先輩の胸に預けてしまった。

「僕、もう限界っすよ〜。もう、やんなっちゃいますよ〜。これから、どうすればいいんすか！」

うわあっと泣きつく僕の背中を、先輩はよしよしと撫でてくれた。

「もう心配いらへんからな。俺がついてる。大丈夫、大丈夫やから……！」

先輩は僕の肩を強く抱きしめて、やや涙声でそう応じてくれた。

「袴田。俺のライブ配信に出てくれへんか？」

「えっ？」

僕は耳を疑った。

先輩は真面目な顔つきで、僕のそばでもう一度話してくれた。

「袴田。今夜、俺のアカウント上で行うライブ配信に、一緒に出てくれ」

「先輩……」

「ええか？」

立石先輩の問いかけに対して、僕はなんて返事をしようか戸惑ってしまった。

けれど、僕は申し訳ない気持ちを抱きつつ、先輩に懇願した。

「お願いします……！　何でもしますから、お願いです。……僕たちを、助けてください！」

立石先輩はすごく嬉しそうな表情で応じてくれた。

「わかった！　任せといてくれ」

あの瞬間の立石先輩は、本当に頼もしかった。

そして僕は、こんなに心やさしい人と出会えて本当によかったと、心底思ったのだった。

★　★　★

「いいか、袴田」

先輩の問いかけに対し、僕は大きく頷いた。

「はい、いつでもＯＫっす！」

「よし。……それじゃあ、始めるぞ」

立石先輩は勢いよく、ライブ配信のスタートボタンを押した。

「どうも、こんばんは！　めちゃくちゃキングの立石でーす」

先輩の堂々とした挨拶に続いて、僕も軽く「どうも～」と挨拶した。

始まって早々、続々とコメントが寄せられてくる。

こんなに多くのコメントがいきなり来るなんて、さすがは漫才の王者・立石先輩だ。

「皆さん。今日は特別ゲストを呼んでまーす。ご紹介します。日頃からホームレス活動をしている、袴田勝彦くんでーす」

先輩は僕に目配せして、両手をヒラヒラとさせた。

「どうも～！　袴田ですぅ～」

スマホの画面を見ると、いろんなコメントが飛んできていた。

「えっ、誰ぇー？」

「お前何者や」

「ホームレスがゲスト？　おもろい展開！」

「ホームレス活動って何なん？」

「気になる～」


あまりのコメントの多さに、僕はスマホカメラの前で圧倒されそうになってまう……。

僕の目の前が一瞬暗くなり、ぐらついてしまった。

すると、立石先輩は思いっきり、僕の背中をパンッと叩いてくれた。

「袴田、大丈夫か？」

「だ、大丈夫っす！」

「ほんまか？」

「はいっ！」

立石先輩は気合の入った僕の返事を聞いて、軽く安堵のため息をついた。

「頼むで、ほんまに」

「はい、頼まれます」

「黙らっしゃい」

先輩はそう鋭くツッコミを入れて、にこやかに笑った。

視聴者の方にも、その笑いが届いているようで、コメント欄には時折、

「ｗｗｗｗｗ」

というコメントが垣間見えた。

これは、なかなかいい出だしだ。

ほかにも、僕らはスマホの前でいろんな話をした。

最初は立石先輩の近況とか僕の活動内容を話した。

それを皮切りに、ついに僕らは本題である、クラウドファンディングについての話題に近づけていった。

「ところで、袴田」

「なんです、先輩」

「お前、何か資金調達の活動をしてるんやってな」

「ああ、そうなんす！」

「なんの資金調達してるん？」

先輩の飄々としたフリに応じて、僕は自らの服装を整えだした。

「結婚式の資金調達っす」

堂々とドヤ顔を浮かべながら、僕はスマホの画面に目線を向けた。

「えっ？　えええええ⁉」

やけに過剰な反応を示す立石先輩。

一体どうしたん⁉

「お前……結婚するんか？」

「ちゃいます！　僕じゃありません！

僕の友達が結婚するんすよ！」

僕は即座に、そう鋭くツッコミを入れた。

それを待っていたのだろう、立石先輩は襟元をパタパタとはためかせながら、なぜか
「ああ、そうなんか。よかったわ〜」と言った。

何がよかったんすか。

僕が独身でいてほしんすか！


そういうツッコミも入れたくなったが、これはさすがにナンセンスすぎる。

僕はこの話題については軽くスルーし、先輩に向かってボケをかました。

「僕の友達に代わって言わせてください。ありがとうございます〜」

「やかましいっ！」


どっと波のように押し寄せてくる、コメント。

それらのコメント一つ一つを読み上げていく立石先輩。

そしてこれらのコメントに対するツッコミを入れて、鋭く斬り倒した。

これはもはや、芸人の「百人斬り」である。

コメントへのツッコミを終えると、立石先輩は僕に目配せをした。

それに対し、僕は小刻みに数回頷いた。

「それで、袴田。お前、どうやって結婚式を挙げるつもりや」

「いやぁ、まぁ、僕の結婚式じゃありませんけどね」

「わかっとる」

またもＳＮＳ上で、またも「ｗｗｗｗｗｗ」というコメントがどっと増えてきた。

「その話は終わったやろ。真面目な話をせい」

「す、スンマヘン」

冗談でやっているとはいえ、先輩はマジで怖い。

「その結婚式は、具体的にどうやって資金調達するんや？」


もう、本当はわかってるくせに〜。


そう心の中で強く思いつつも、僕はスマホの画面にチラチラ目をやりながら答えた。

「はい。クラウドファンディングで、支援を募ります」

「クラウドファンディング？」

「そうっす！」

立石先輩は、まるでお伺いを立てるように、フォロワーへ呼びかけた。

「皆さん、『クラウドファンディング』って知ってますか？」

するとＳＮＳのフォロワーからはいろんな反応が返ってきた。


「クラウドファンディング？　なんすか、それ」

「知りません」

「全然聞いたことないです〜」


どうやら、フォロワーの大半は知らない様子だ。

その反応を見て、立石先輩は腕まくりした。

「それじゃあ袴田。その『クラウドファンディング』について、詳しく解説してくれへんか？」

「はい！」

僕はそう返事して、クラウドファンディングについて簡潔に説明した。

「クラウドファンディングっていうのは、個人がいろんな人から、ネットを使って行う資金調達なんす。募金活動をネット上で行っている、と考えてください」

「なるほどな。つまり袴田は、今ネット上で、友達の結婚式を挙げるために、資金を募ってるわけなんやな」

「そうなんす！」

立石先輩は再び、スマホの方に向き直った。

「そういうことなんですよ、皆さん。ご理解できたでしょうか？」

ライブ配信のコメント欄を一瞥してみたら、とんでもないコメントが目に飛びついてきた。


「詐欺ですか？」

「個人がお金を集めるなんて、違法行為じゃありませんか」

「金を僕たちから搾り取る気？」

立石先輩はそのコメントを読み上げずにスルーしていたが、僕はついムキになってしまい、返事をしてしまった。

「『搾り取る』ってなんやねんっ。ただ僕は、皆さんから支援をお願いしたくて、今日こうして出てるんす！」

「袴田」

立石先輩が小声でそう呼びかけたのを聞き、僕はハッとした。

しもうた。

これじゃあ、僕の下心が丸裸やないか……。

そう思っても、もう口に出してしまっている。

もはや手遅れであった。

これでは、アンチコメントが溢れるだけでなく、ファンの皆からも反感を買ってしまう。

案の定、ライブ配信のコメント欄には、いろんな反感のコメントでいっぱいになってしまった。

「は？」

「要するにあんたらは、俺らから金を巻き上げるために配信してるわけ？」

「ひどい！」

「立石さん、あなたがそんなことをする人だとは思わなかった！」

あかん。収拾がつかなくなってもうた……。

僕への非難だけでなく、先輩にまで飛び火をさせてしもうてる。

僕がなんとかせなあかん。

何かフォローしなくちゃ！

僕がなんとか、状況を変えなくちゃ！

「先輩は悪くないんや」

僕は必死に、先輩を擁護した。

「悪いのは僕なんや。僕がホームレスとしてしか生きていけへんから、こういうことになったんや。立石先輩は悪くない！」

すると、すかさずコメント欄に鋭く飛び込んできた。

「自分で働け」

その通りだ。
確かにごもっともな意見だ。
「自分を養うこともできてないのに、友人の支援なんかするな」
確かにそうや。
でも、それはあまりに冷たすぎへんか？
「死ね、ホームレス！　消えろ！」
それはないやろ。
僕の存在が、そんなにウザイんか？
僕があんたに何をしたんや。
ただ物乞いをしてるだけやんか。
ひとが困った時に声を上げて、何が悪いん⁉

そう心の中で叫んでいても、僕は画面の前で、どうやって話せばいいのかがわからずにいた。

「心配すな、袴田」

僕のそばで、立石先輩はそう小さく声をかけてくれた。

そして、先輩は僕の痩せた細い手をぎゅっと握ってくれた。

「気にすんな。見てろよ」

僕はふと、先輩の方を見つめた。

その先輩の顔つきは、すごく嬉しそうな笑みを浮かべていた。


この余裕は何なんや。


立石先輩は右耳を軽くかきながら、画面に向かって問いかけた。

「じゃあお前ら。友人の結婚式の時に、『ご祝儀』を払わないんか」

先輩は堂々と、視聴者たちに向かって自分の持論を展開した。

「知り合いが結婚式を挙げる時に、おのれらはご祝儀もまともに用意しないヤツらなんやな。それともなんや？　知り合いや友達にはご祝儀として渡すくせに、袴田の支援してる結婚式に渡すお金だけは、『搾取』って呼ぶんか？　それって差別じゃありまへん？　おかしいやろ、どう見たって」

立石先輩の理路整然とした話が、フォロワーの心に響いたのだろうか。

アンチコメントの中に紛れて、わずかに良心的なコメントが増えてきた。

「立石さんの言う通りだと思う」
「ホームレスが他人の結婚式の支援をしてるなんて、それ自体すごいと思う」
「つまり、ネット上で『ご祝儀』をお願いしてるってことか」

アンチのコメントは相変わらず活発だったが、だんだん心ある方の理解が深まってくれたようだ。

そこに、立石先輩はさらに、丁寧に言葉を添えてくれた。

「払う・払わないは、お前らが自由に決めていいんやで。誰が金を巻き上げてんねん。そんなことしてないやろ？」

するとと視聴者の方から、さらに少しずつ、賛同のコメントがポツポツ出てきた。

「今後輩が友達のために、必死こいて結婚資金を集めるんや。それを否定する権限が、お前らはどこにあんの？　払いたくなきゃ払わなくたっていい。でも非難はするな。そもそもクラウドファンディング自体を否定する資格なんて、お前らにはないやろ」

コメントは、くっきりと賛否両論に分かれた。


「みんなで助け合おうよ」

「その通りだと思う」

「ホームレスに払う金はねえ」

「立石は詐欺師や！　気をつけろ！」

「私は支援するよ。どうすればいいの？」


黒一色に染まっているわけではなく、みんなの意見が様々にあるのが、僕の心をすっごくワクワクさせた。

「袴田」

立石先輩は僕の方をど突いてきた。

「お前、話を聞いてるんか？」

「すみません、さっぱり」

「馬鹿野郎」

先輩は愛情のこもったツッコミを入れてくれた。

フォロワーのコメントも、だんだん温かい雰囲気の声に代わってきた。

だが、立石先輩はコメント欄を気にすることなく、淡々と話を続けた。

「だ・か・ら。お前を支援するには、具体的にどうやってやればええの？」

「ああっ」

僕は先輩の問いかけを聞いて、ハッとした。

そりゃあそうや。

せっかく支持してくれる人が出てきても、その手続きの方法を教えなければ意味がない。

「袴田？」

「す、すみません！　今説明しますすねっ」

「頼むよ、ホームレス」
立石先輩は僕の頭を軽く、グシャッ、と掻き回した。

「支援したよ」

元芸人である僕としては、こんなにも嬉しい瞬間はなかなかない。
なぜなら、漫才の王者である立石亮太が、僕をいじってくれているのだから。

僕が支援先を知らせた数分後に、こういうコメントが流れてきた。
ウソみたいな光景や。
まるで夢を見ているようだった。
まさかこんなにも気持ちがほっこりする瞬間が来るとは、思いもしなかった。
「うおっ、マジっすか⁉　ありがとうございます～」
立石先輩はまるで自分ごとのように、スマホ画面に向かって頭を下げた。
僕もそれに伴い、その場で深々とお辞儀した。

「ほんまありがとう！　めちゃくちゃ嬉しい〜」

次々とコメント欄に寄せられる支援者たちの声が、僕の心を熱くさせた。

「俺たちのお金で、友人さんを幸せにさせたって！」

「お友達夫婦が、幸せになりますように」

「お前こそゼッタイ生きぬけよ、ホームレス」


もちろん、そういう温かいコメントばかりではなかった。

でも、一人でも支援者が現れてくれたおかげで、コメント欄にごった返しているアンチコメントさえも応援の声のように見えてきて、すごく元気をもらう。

そう思えた瞬間、頭の中の霧が思いっきり晴れていった。


これならいける。

この調子なら、僕の資金調達は成功できる。

そしてこの社会でなら、僕はホームレスとして生きていけるぞ。

日頃から一日15円で仕事をして、いざという時にはクラウドファンディングに頼ればいい。

今回は友人を支援する手段として使ってるけど、これは自分の活動にも絶対転用できる。間違いない！

僕は数々の支援報告のコメントを見て、そう確信した。

そこに、唐突に一つだけ、自分の名前を名乗るコメントが飛んできた。

「どうも、山内です」

立石先輩はそのコメントを見つけるなり、そう読み上げた。

すると、そのユーザーはもう一度、自己紹介のコメントを入れてくれた。

「クラウドファンディングサイト創業者の、山内聡です。今回弊社のサイトをご利用くださり、誠にありがとうございます」

ウソやろ？

いや、このコメント主は紛れもない、クラウドファンディングサイトの生みの親・ご本人だ。

山内社長が見ていたのだ！

「おい、袴田！　すごいぞ！　クラウドファンディングサイトの社長さんが見てるで」

僕は先輩の言葉に対して、つい勢いで「マジすか⁉」と応じてしまった。

間違いない。

このアカウントは、山内聡《さとし》による公式アカウントや。

山内さんのコメントは、まだ続いた。

「ささやかながら、僕も支援させていただきました。大口のスポンサー枠を購入させていただきましたので、どうぞよろしく」

なんということや。

まさかＩＴ企業の社長がじきじきに、僕の主催する結婚式プロジェクトのスポンサーになってくれるだなんて。

なんという太っ腹！

「ありがとうございます！」

僕はその言葉しか出せなかった。

もう、山内社長にはホント、頭が上がらないですわ……。


立石先輩はいつものように、ヘラヘラと笑いだした。

ようやく先輩にも、心の余裕が生まれてきたみたいだ。

感極まって身震いしている僕の背中を、先輩は思いっきり叩いてくれた。

「よかったな、袴田！」

僕はこの時ほど、生きていてよかったことはない、と強く思った。

もう……幸せや！

# エピローグ　ホームレスの結婚式プロジェクト

いよいよやってきた、結婚式・当日。

僕は結婚式場の控室に到着した。

控室の中は、部屋一面が白い内装になっているからなのか、とてもまばゆく感じた。

そんな白い控室でしばらく待っていると、向こうの廊下から、コツッコツッと靴の音が聞こえてきた。

振り向くと、入り口の方には、今回のヒロインである花嫁・武本あかりちゃんが姿を現した。

いや、違う。正確には、依田あかり、やったな。

「どう？　似合ってる、かな？」

白くてキュートなウエディングドレスをまとった彼女の姿は、もはや女神様のように輝いていた。

「ああ。すっごくキレイや」

僕がそう応じると、彼女はすごく嬉しそうに微笑んだ。

「袴田さん。本当に、ほんっとうに、ありがとうございました」

「えへへへ。こちらこそ！」

僕はあまりの嬉しさに、照れ笑いを浮かべてしまった。

それを見て、彼女の方もより一層、ニコニコと笑いだした。

「ああ〜、幸せっ」

あかりちゃんは窓の方から、ガーデンの風景へ視点を移した。

控室から見えるガーデンはとても綺麗に整備されていて、その木々の葉っぱから垣間見える太陽の反射光がすごく輝かしく感じた。

そんな木々の蒼い葉っぱをチラチラと見つめている今の彼女は、これまで以上に美しさを増していた。

「私たちの結婚式のために、２７０名も支援をしてくれたなんて。本当にすごい」

あかりちゃんの嬉々とした言葉に、僕はやさしく頷いた。

「そうやな。でも正確には、２７３名や」

あかりちゃんの近くに寄って、僕も緑豊かな庭の方を見つめた。

「あの人たちの大半は、以前僕に依頼してくれた方なんや。15円でな」

「そうだったんですか？」

「そっ。あの２７３名の支援者は、一人たりとも忘れたことはないで。みんな一人ひとり、深い思い出があるんや」

「ステキ」

「ああ、ほんまにな」

僕はしばらくの間、これまで15円依頼で支援をしてくれた、いろんな人たちのことを思い出した。

一日１回ずつ、そんな実質タダ働きのスケジュールがパンパンに詰まっていたから、これは２７３人では収まらないはずだ。

また控室の向こうから、足音が聞こえてきた。

このテンポの速さからして、どうやら急ぎ足でこっちに向かっているようだ。

「あっ、祐介さん！」

後ろへ振り向くと、そこには白いスーツ姿の好青年・依田祐介さんがいた。

祐介さんはなぜか目が潤んでいる様子で、いきなり僕の方へ駆け寄ってくれた。

「袴田さん！　本当にありがとうございました」

祐介さんの律儀な姿勢に、僕はつい恐縮してしまった。

「いやいやっ、僕は支援を、みんなにお願いしただけや」

「それこそが有り難いんです！」

祐介さんはそう言って、僕の両手を強く握ってくれた。

「袴田さんが支援してくれたおかげで、借金もほとんど返せました。正直、これは僕一人の力じゃ、どうにもできませんでした。袴田さんのおかげです。ありがとうございます！」

祐介さんは紳士的にも、その場で何度も深く礼をしてくれた。

その傍らで、あかりちゃんも何度も頭を下げてくれている。

この状況はなんや。

これはまるで、僕が仏様になったみたいやないかいっ。

僕はホームレスなんやで？

こんなにパリッパリのブラックスーツを着て、こんなに感謝されるホームレスって、どういう状況？？？


僕は正直、そういう笑いが込み上がってきたが、さすがにここで笑うわけにはいかないと思い、必死に自制した。


いよいよ、結婚式の始まりだ。

式場の扉の前で、新郎新婦はじっと待っている。

そしてその後ろで、僕は二人の背中を見守っていた。


なんでやろう。

本当は悔しいはずやのに、なぜかすごく心地いい。

この感覚は何なんや？

僕は自分の心境がよく理解できぬまま、自分の支援した結婚式を目前にしていた。

「あかりちゃん、心の準備はできてるか？」

僕の目の前にいるあかりちゃんに、そうやさしく声をかけた。

すると、彼女は首を横に振った。

「正直、まだできてない、かな……緊張しちゃって……」

「マジか」

「うん……。どうしよう」

小刻みに震えている彼女の手を、隣の祐介くんがゆっくりと握った。

彼はにこりと微笑みながら、あかりちゃんの耳元でささやいた。

「心配しなくていいよ。実は、僕もそうだから」

彼のやさしい言葉に対して、あかりちゃんはどういうわけか吹き出し、必死に口元を手で押さえている。

僕は、こんなに嬉しそうな彼女を見ることができて、とっても幸せだ。

たとえ自分のものにならなくても、あかりちゃんはいつまでもあかりちゃんらしく、前向きに生き抜いてくれれば、それでいい。

祐介さん、頼んだで。

あかりちゃんを絶対、幸せにしてやってな。

そして、これからも彼女と、充実した家庭生活を営むんやで。

今日はそれを誓うための、結婚式なんやから。


「それでは、新郎新婦のご入場でございます！」

向こうの部屋から扉越しに、アナウンスが聴こえてきた。

そして、目の前にある扉が、ゆっくりと開かれた。

扉の向こうから、白く輝く華やかなシャンデリアが、二人を明るく出迎えてくれた。


以前までの僕は、テレビや劇場での漫才だけを生き甲斐にしていた。

だけど今の状況は、あの当時よりも幸せだ。

あの芸人だった頃よりも、10倍、いや100倍も幸せや。

今の僕の心は、そんな純情でいっぱいであった。


人前式を終えると、新郎新婦と僕は披露宴会場へ向かった。

まわりの温かな視線が、僕たち3人をやさしく出迎えてくれている。

僕は白い皿の上にある豪華なローストチキンを頬張りながら、何度も嬉しさを噛みしめた。

それがたとえ他人の結婚式だとしても、僕のつてで集めた資金で成り立っていると思うと、すっごく達成感を感じた。


ここから先、どういう時代になるのかはわからない。

僕は本当に、ホームレスとして生きていけるのか。

一日15円の仕事が毎日来て、本当にいざという時に、クラウドファンディングで支援が集まるのか？

そんな不安でいっぱいだからか、僕はもはや、ワクワクが止まらないでいる。


具体的にどうやって生き抜けばいいのか。

それは、さっぱりわからん。


でも、僕は自分の持っているスキルを生かし切って、なんとしてでも生き抜いてみせる。

もちろん、僕には一般的なスキルが全く備わっていない。

やけど、僕には「スキルがない」というスキルがある。

「ホームレス」という肩書きがある。

この「ホームレス」という活動によって、僕は明るく前向きに生きていくんや。


ひとの支援を図々しく受けながら、僕のまわりを元気にしていくホームレス生活。

それこそが真の、わが芸当なのだ。

終わり

**著者プロフィール**
**岡本 ジュンイチ**（おかもと じゅんいち）

作家・劇作家。

1993年生まれ。愛知県豊川市出身。愛知大学文学部卒業。

2017年、戯曲『マッカーサーと天皇』が第４回金魚屋新人賞ノミネート。

2021年、戯曲『ウォルト・ディズニーの夢』が第33回テアトロ新人戯曲賞ノミネート、演劇雑誌『テアトロ』にて全文掲載される。

現在、小説や戯曲を中心に作家活動を展開中。

そのほかにも、Webマンガ原作・動画シナリオ・童話・ショートムービー・短編ボイスドラマなどの執筆案件も多数受注。

近年では、名古屋のネットラジオ局「尾張アズーリFM」で冠番組を持ち、MCを務めている。

主な著書
『一ヶ月で小説を書ききる本』（2016年、まんがびと）
『演劇脚本の書き方』（2016年、まんがびと）
『笹島直人のブロガー奮闘記』シリーズ（2020年、Amazon Kindle）

**わが芸当** —笑うホームレスの旅日記—

2023年７月15日　初版第１刷発行

著　者　岡本 ジュンイチ
発行者　瓜谷 綱延
発行所　株式会社文芸社
〒160-0022　東京都新宿区新宿１－10－１
電話　03-5369-3060（代表）
03-5369-2299（販売）

印刷所　株式会社フクイン


ISBN978-4-286-24251-4